相信阅读,勇于想象

北京科普创作出版专项资金资助

藏在科幻里的世界

基因的欢歌

周忠和 王晋康 主编　单少杰 编著

北京理工大学出版社
BEIJING INSTITUTE OF TECHNOLOGY PRESS

编委会简介

主　任：马　林　司马红
副主任：孟凡兴
主　编：周忠和　王晋康
副主编：吴启忠
成　员：凌　晨　尹传红　周　群　王　元　吕默默
　　　　单少杰　李　楠　王　丽　李晓萍
　　　　　　（排名不分先后）

周忠和

中国科学院院士，中国科学院古脊椎动物与古人类研究所研究员，《国家科学评论》副主编。长期从事中生代鸟类与热河生物群等陆相生物群的综合研究。曾获得中科院杰出科学成就奖、国家自然科学二等奖、何梁何利"科学与技术进步奖"等。

王晋康

中国科幻文学界的扛鼎者，中国科普作家协会副理事长，全球华语科幻星云奖终身成就奖得主，1997国际科幻大会银河奖得主，19次获得中国科幻文学最高奖银河奖。

凌晨

中国科普作家协会理事，中国科普作家协会科学文艺委员会副主任，中国作家协会会员，北京作家协会会员，科普与科幻小说作家。

尹传红

中国科普作家协会常务副秘书长，《科普时报》原总编辑。作为策划人、撰稿人和嘉宾主持，参与过中央电视台、北京电视台等多部大型科教节目的制作。在多家报刊开设个人专栏，已发表科学文化类作品逾200万字。

周群

北京景山学校正高级语文教师，北京市特级教师，中国科普作家协会会员，中小学科普科幻教育推广人，教育部国培项目专家，硕士生导师。在《科普时报》上开设有"面向未来做教育"专栏，发表科普科幻教育专题的文章多篇。

王元

蝌蚪五线谱签约作者，科幻作者，发表科幻小说约计百万字。出版短篇科幻小说集《绘星者》、长篇科幻小说《幸存者游戏》（与吕默默合写）。《藏在科幻里的世界·你好人类，我是人》《藏在科幻里的世界·N维记》特约科普作者。

吕默默

科幻作家、科普作家。爱读书，会弹琴，喜旅行，意识上传支持者，期待自我意识数据化。已发表科普作品50多万字，为科教频道、新华网等平台创作百集科普视频剧本。《藏在科幻里的世界·冲出地球》《藏在科幻里的世界·远行到时间尽头》特约科普作者。

单少杰

中国科学院动物研究所博士后，从事线虫-植物互作及植物保护方向的研究。蝌蚪五线谱签约作者，中国科普作家协会会员，发表科普文章近百篇。《藏在科幻里的世界·基因的欢歌》特约科普作者。

《藏在科幻里的世界》

序

Preface

习近平总书记强调:"科技创新、科学普及是实现创新发展的两翼,要把科学普及放在与科技创新同等重要的位置。没有全民科学素质普遍提高,就难以建立起宏大的高素质创新大军,难以实现科技成果快速转化。"

科普作为一种教育活动,具有浓厚的时代性。不同的时代背景下,不同的社会经济发展状况下,公众对科普的需求不同,科普工作的内容和方法也有了相应的变化。

举例来说,20世纪60年代初,青少年科普读物《十万个为什么》问世,风靡数十年,其内容也与时俱进,由探索自然奥秘到普及前沿科学知识,伴随几代青少年走上科学的道路。

进入新的世纪,随着科技的迅猛发展,民众对于科普的需求又有了新的形式。

在2018年高考的全国卷Ⅲ里,有一道语文阅读题,阅读材料节选自刘慈欣的科幻小说《微纪元》,这引发了全民的热烈讨论。而刘慈欣的《带上她的眼睛》在此之前已经入选人教版初一(下)语文课本。来自教育界的种种尝试,给我们科普工作者带来了启发——优质的科幻作品或将成为青少年群体不可或缺的精神食粮。

青少年正处于培养社会主义核心价值观、科学观、审美观和科学思维的年龄段。科幻文学，无疑是在这几个方面都能给青少年补充"营养"的一种文学载体。而当前，我国青少年对于科幻阅读正处在认识不清、需求不大、不会阅读的状态，因此引导青少年读者学会"科幻阅读的正确打开方式"这一科普任务，历史性地落在了我们这一代科普工作者的肩上。

于是便有了这套"藏在科幻里的世界"的诞生。

这套"藏在科幻里的世界"由《冲出地球》《你好人类，我是人》《N维记》《基因的欢歌》《远行到时间尽头》五册构成，分别从宇航探索、人工智能、空间维度、生命科技、预测未来五个维度，精选了八年来发表于蝌蚪五线谱网站的53篇科幻微小说，并收录了来自王晋康、刘慈欣、何夕、凌晨、江波五位科幻作家的科幻作品，且由三位科普作家针对这58篇科幻小说进行了科普解读。

其中，《冲出地球》《你好人类，我是人》《N维记》涉及大量基础和前沿物理学的基础知识，《基因的欢歌》《远行到时间尽头》则涉及大量生命科学知识，套书整体兼具未来感和现实感。

科幻科普创作与其他文学形式不同，科幻科普作品是以其严谨的科学逻辑为基石来进行创作的。

本书特邀科幻科普作家凌晨老师担纲文学解读，凌晨老师表示："科幻的思维逻辑，就是我们这些科幻爱好者和创作者想要推广的，以科学的理性思维面对世界，以幻想的广阔无疆创造世界，不惧怕即将面临的任何未来，永远保持好奇心，也永远乐观积极。"

谈及科幻与科普的关系，作为"藏在科幻里的世界"的主编之一，周忠和院士表示：科幻本身不直接传授科学知识，但它激发的是想象力，还有对科学的热爱，当然也蕴含了科学研究的思维和过程，从这个意义上来说，它对科学的普及起到的推动作用同样是巨大的。本书的另一位主编，著名科幻作家王晋康先生表示："科学给你一个坚实的起飞平台，而科幻给你一双想象力的双翅。"

这同样也是"藏在科幻里的世界"立项的初衷：倡导想象力，培养青少年的科学思维与创造思维，激发青少年对于前沿科学的好奇心，力求带给青少年和家长"科幻阅读的正确打开方式"，给予青少年科学和人文的双重滋养。

"藏在科幻里的世界"从2019年1月份立项到成书出版，历时一年半的时间，并获得了2019年北京科普创作出版专项资金资助。感谢尹传红老师和周群老师在选题创意方面给予的积极建议，感谢全书38位科幻作者所提供的58篇精彩的科幻作品，感谢吕默默、王元、单少杰带着近乎科研的态度打磨书中的所有科普知识点。

非常高兴这套书能够顺利与大家见面，希望这套书能够被孩子和家长喜欢，也希望更多的"后浪"能够加入我们的科普科幻创作阵营中。

"藏在科幻里的世界"编委会
2020年7月

目录
Contents

写在前面　凌晨 / 文　001

名家名篇·田园　何夕 / 文　005

生命科技·生命是地球最赞的发明　单少杰 / 文　038

微小说·吮吸　翼爱爱 / 文　095

微科普·原装的，改造的，你喜欢哪套电路？　单少杰 / 文　099

微小说·程式　康乃馨 / 文　105

微科普·"明言明语"，可以实现吗？　单少杰 / 文　109

微小说·重生　康乃馨 / 文　114

微科普·换个头，为什么这么难？　单少杰 / 文　118

微小说·夜空中最亮的驴肉　康乃馨 / 文　122

微科普·外星鹅人，咋就能欺负地球人了？　单少杰 / 文　129

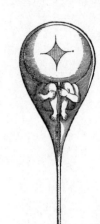
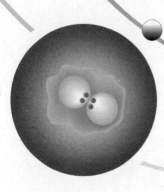

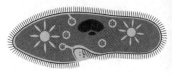

微小说·第二巴别塔　詹志飞 / 文　135

微科普·十月怀胎，生个孩子怎么这么难　单少杰 / 文　140

微小说·和平年代　张梦 / 文　146

微科普·命运的一切，都被定在了基因里？　单少杰 / 文　153

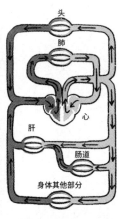

微小说·雨神　刘洋 / 文　157

微科普·闻香识疾病，其实很科学　单少杰 / 文　164

微小说·亲人　有人 / 文　168

微科普·章鱼难道真是外星人的亲戚？　单少杰 / 文　172

微小说·一生二　有人 / 文　178

微科普·单变多，一个迷雾重重的进化里程碑　单少杰 / 文　183

微小说·生物入侵　杨远哲 / 文　188

微科普·蚊子，祸害还是功臣？　单少杰 / 文　195

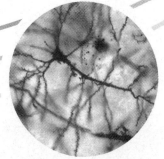

写在前面

何夕开始写科幻的时候，才20岁，那时全中国写科幻小说的年轻人，加在一起恐怕两只手就能数过来。何夕早先发表科幻小说用真名何宏伟，因为专注于对宏观科学未来以及人性善恶的探讨，他的作品很受读者欢迎，在《科幻世界》杂志上陆续发表了《光恋》《电脑魔王》《平行》等短篇科幻小说，相继获得当时中国唯一的科幻作品奖——银河奖。到2019年为止，何夕一共拿了13个银河奖，他虽已年近半百，但热爱科幻的心灵依然有着孩童般的纯真朴实。1999年，何夕登场了，这个取"今夕何夕"之意的笔名，简单易记，朗朗上口，而且颇有深意，是何宏伟为了"顺带抒发自己面对时间这个永恒命题时的迷惑"。

《田园》和姊妹篇《伤心者》完成于1999年至2000年年初，是何夕关注现实的科幻作品，表达了相似的主题，《田园》原名就叫《伤心木》。不久前中国国家最高科学奖的两个项目一个是杂交水稻，另一个就是数学定理的机器证明。

《伤心者》里有一段话："现在所有人都围着那棵巨树上漂亮的花和叶子，并徒劳地想长出更漂亮的花和叶子来超过它,却没有一个人注意到那不起眼的树根。"《田园》和《伤心者》的主要分别是粮食作物和数学,这正是何夕称为"根"的一些东西,而这也是在这个浮华的年代里社会最欠缺的东西。

在《田园》这篇小说中,何夕研究的课题是如何改良农作物,使其能养活更多的人口。何夕从我国的神话传说中寻找灵感,他看中了木禾,一种形似大树的"水稻"——《山海经·海内西经》记载:"海内昆仑之虚,在西北,帝之下都。昆仑之集,方八百里,高万仞。上有木禾,长五寻,大五围。"寻和围都是量词,古代八尺为一寻;两手拇指和食指合拢的长度为一围。这句话的意思是,昆仑仙境中生长着树木一样高大的谷类植物,这种植物的名字叫木禾,高13米,大概有四到五层楼高;周长约为2米,表明它粗壮得一个成年人根本抱不过来。

何夕在实验室中利用基因技术培养出了他想象中的木禾,有着苍翠碧绿的美玉一般的叶子,如巨伞擎在天空,芦苇似的叶子和穗状花序表明它是草本植物,但粗大的树干却明显具备了木本植物的特征。

《田园》的故事结构并不复杂。带着尖端"脑域"技术回国大展宏图的陈橙发现,她的同学何夕改行做了农民,培育出了一种叫作"木禾"(119号)的能长稻谷的树。随着对木禾的了解,她意识到这种植物不仅仅可以解决人类的饥饿问题,更将带来一系列连锁反应,最终改变人类社会本身。何夕在她心目中的形象彻底改变了。

木禾不过是一种植物,怎么会改变人类社会本身?小说中,作者借何夕之口,展开了大胆却合理的联想。有了木禾后,"人们就用不着为了增加耕地而砍伐森林了,到时他们每种下一株粮食也就是种下了一棵树。我还知道有了它以后,人们将再也不用像千万年来一样重复翻土播种收割的繁重劳动了,他们只需播种一次,就能够轻松地收获几十年甚至上百年。同时,由于树木的根系远比草本植物发达,人们几乎用不着浇水和施肥。水土流失也将不复存在。只要阳光照得到,只要大地能够容纳,它就可以自由生长,把氧气、淀粉、蛋白质这些自然的馈赠源源不断地提供给人们。到时候,人类将与整个自然融为一体,再也不会分开了。"

木禾被推广后,"可能使得粮食生产变得几乎没有成本,粮食作物将成为野草一样的东西。到时候说不定粮食生产将不复为一个产业。世上无用的成果还有一样,可那却是许多年以来全人类都梦寐以求的最伟大的理想,那就是可控核聚变技术。但如果它成功的话,将永久性地解决能源问题,到那时,能源将变得一钱不值。"

这样的未来可能吗?在科学家看来,万事皆有可能。就以粮食为例,我国科研人员为了多生产粮食,不但对小麦、水稻等主粮要"优生优育",更向盐碱地要农田,培育出的能耐盐耐碱的海水稻已经种进了塔克拉玛干沙漠。要知道,中国可用来种植海水稻的盐碱地有2亿多亩,按照未来亩产200~300公斤计算,这就能增产粮食数百亿公斤,多养活约2亿人。

在《田园》这篇小说中,一个细节很有意思,就是何夕坚持要将"木禾"与他的试验品"119号"区分开来。何夕确实培育出了《山海经》中所说的木禾,但为了木禾能在人类的贪婪和私欲下存活,他将许多对人类有害或不利于审美的因素移植到木禾身上,创造出新的植物119号。119号不再挺拔,散发出恶心的气味,甚至树干有毒。"摧残它是为了保护它!"何夕的动机中饱含对木禾的深情:"我太喜欢木禾了,它是我半生的心血。中国有句古话:匹夫无罪,怀璧其罪。你明白我的意思吗?大象因为象牙之美而招致杀身之祸,犀牛死于名贵的犀角,而森林则因为伟岸挺拔的树干而消失。人类主宰着这片多灾多难的土地,按照自己的意愿支配着一切。我将这些性状加到木禾中去,只是起某种防御作用罢了。我这样做只是希望有朝一日木禾能够遍布这颗历经沧桑的星球,而不是被砍伐一空——这种事情实在太多了,让我根本无法相信人类的理智。"

科幻小说有科学和幻想还不够,还需要表达思想,这种思想包括作者审视科学的立场,包括幻想的出发点,也就是俗话所说的"屁股决定脑袋"。一个自私的人,他的幻想是关于自身的,再天马行空也有局限性,即便实现这个幻想的科学技术再先进发达,终因格局太小而无法撑起人类的未来。而《田园》的幻想,立足于对人类命运的深刻关怀,所以才会担忧人类未来的粮食和能源,才会有各种科学技术的努力。也正是因为这份关爱,才会对人性有深刻了解和恐惧,才会产生制造119号的想法。这是《田园》在类似主题的小说中脱颖而出的重要因素。

凌晨

名家名篇·田园

● 何夕 / 文

一、归来

　　从机窗俯瞰太平洋广阔无垠的海面是一件相当枯燥的事情。陈橙斜靠在座椅上，目光有些飘散地看着窗外；阳光照射进来，不时刺得她眯一下眼。陈橙看看时间，还有三个小时才到目的地，这使她不禁又一次感觉无聊起来。林欣半仰在放矮了的座位上轻声地打着呼噜，不知道在做什么好梦，居然睡着了脸上还带着笑。

　　"新四经济"开始兴盛的时候陈橙的志向是成为一名"脑域"系统专家。当时她刚开始攻读脑域学博士，那正是"新三经济"退潮的时期，曾时髦到极点的新三经济代表产业JT业颇相初露，JT相关专业的学长们出于饭碗考虑正在有计划地加紧选修脑域专业的课程，陈橙不时都会接到求助电话去替他们捉刀写论文。用"新"这个词来表述一个时代的习惯大约始于20世纪后半叶。当时有不少"新浪潮""新时期""新经济"之类的颇令时人自豪的提法。但很快这种称谓便显出了浅薄与可笑，因为它不久便开始繁殖出诸如"新新人类"以及"新新经济"之类的既拗口又意义含糊的后代。

　　所以到了现在出现"新四经济"这种语言怪胎实在是迫不得

已,除非你愿意一连说上好几个"新"字。

脑域技术正是新四经济时代的代表,甚至可以说整个新四经济的兴起都与之相关。

这是一项将人脑联网的技术,它将人类的智慧提高到了一个前所未有的水平,同时也有力地回敬了那些关于机器的智慧将超越人类的担忧(此事详见何夕作品《天生我才》)。正是脑域技术的兴盛掀起了一个高潮,将全球经济从JT业浪潮后的一度颓退中拯救出来,带入又一轮可以预期的强劲发展之中。而现在,作为脑域技术的第一流专家,陈橙有足够的理由踌躇满志。

我终于还是选择了回来——陈橙在心里回想着——离开中国差不多十年了。陈橙在心里感叹了一声,时光只有在回想的时候才发觉它过得真快。她在心里想象着朋友们的变化,十年的时间是会改变很多事情的,不过陈橙立刻意识到这是个错觉,因为在这个时代,地域的障碍根本就是不存在的。她几乎每天都可能在互联网(这是古老的新经济时代的产物)上同国内的某个朋友面对面地聊上几句,更不用说通过电子邮件的联系了,所差的只是不能拉上手而已。当然,这不包括那个人。

陈橙悚然一惊,思绪像被刀斩断般戛然而止。为何会想到那个人?这不应该。对陈橙来说那是个已经不存在了的人。是的,不存在。陈橙扭了扭有些发酸的脖子,从提包里找出份资料来看。

不过有点不对劲。资料上的每个字明明落在了陈橙的眼里,但她看了半天却不知道上面写了些什么。她停下来,然后她知道这是怎么回事了。

陈橙轻轻地叹口气放下手中的资料,因为她已经知道这是没有用的。

二、新知

欢迎仪式比陈橙想象的还要奢华许多。这片土地还远远算不上富强,对于"脑域"这样的最尖端技术成果有着可以理解的强烈的拥有愿望。陈橙和林欣婉拒了众多待遇优厚的研究机构的聘请毅然回国,就是单凭这一点他们也应该受到热情的回报。林欣是陈橙的同行,今年三十八岁,也是脑域技术专家,他们是在欧洲的一家研究所共事时结识的。林欣一直是一位行事相当洒脱的人,用他自己的话来说有点像是"技术浪人",也就是说他常常会更换工作内容及工作地点。从以光子商务为代表的新二经济时代到以"脑域"技术为代表的新四经济时代,凭着天生聪颖他总能顺时代潮流而动,这些年来他的足迹遍及世界各地。

林欣这样潇洒的人肯定有些自命不凡,这些年也不知害多少女人伤心过,但是现在这一切都遭到报应了,因为他遇见了陈橙,老天让他爱死了这个女人却又让这个女人对他没一点回应。其实要按照传统眼光来看他们的关系已经够亲密了,他们甚至上过床,用彼此的体温来对抗夜晚的寒冷与寂寞。但在这个欲望与爱情早已彻底分离的时代这根本不能够表示什么,林欣清楚地知道他们之间的关系只是艰苦的研究工作之余的调剂,当下一个工作日来到的时候就会像什么事情都没有发生过。不过这些都是只有林欣自己才清楚的内伤,而表面上他回国讲学的第一个理由当然是技术报国,另外一个理由则是中国正好要主办本届夏季奥运会,作为体育迷的他岂肯错过机会。

叶青衫教授亲自在机场出口处相迎,这使陈橙颇感汗颜。她快步上前挽住叶青衫的胳膊,口里连称如何敢当。这并不是陈橙作态,而是因为叶青衫正是十五年前她大学时代的老师。那时她的专业是光子商务,这门学科是新二经济时代的支撑,但是在陈橙求学的时候这门技术已经没落了很多，至少一点，那时学这门专业的人要想找到满意的职位就得费不少周折了，以前那种一家有女众家求的热闹场面已是明日黄花。

政府方面的人特意布置了大幅标语，上面写着"欢迎世界著名脑域技术专家归国讲学"。好事的人群围拢过来，虽然他们都是外行，但对于脑域这种最最热门的技术都已耳熟能详。政府已经将脑域技术列入了国家发展纲要，当下几乎在任何角落都能听到与之相关的各种声音。现在所有人都认识到这个国家未来能否强大就在于能否占领脑域技术领域的制高点。语言学家统计过，"脑域"是近年来出现频度排名第二的词汇，排名第一的是"新四经济"，而从实质上讲这两样可以算成一回事。

叶青衫兴奋得满面红光，头上的根根银丝抖抖的像在跳舞，这次陈橙能应他之邀回国令他颇感欣慰。脑域技术是诞生于国外的尖端科学，国内极度缺乏相关人才，更何况是陈橙与林欣这样卓有建树的专家。一时间叶青衫不禁有些感慨，陈橙与林欣都那么年轻，都只有三十多岁，像他们这样的年龄如果是在传统领域里恐怕连新锐都还算不上，而现在他们却都已经是独当一面的权威了，说起来还是新兴领域造就人。

陈橙与林欣在人潮的簇拥下朝停车场走去。这时陈橙突然看到远处僻静的角落里晃过一道似曾相识的背影，刹那间她的感觉就像是被从天而至的一道闪电击中了。陈橙轻叹一声，仿佛眩晕般扶住了额头。之后她恍若无人地朝那个角落奔去。人们不知道出了什么事情，都眼睁睁地看着这奇怪的一幕。但是陈橙奔过去后并没有见到她要找的人，空荡荡的地上只有一张随风翻动的报纸。在报纸的头条处醒目地印着一行字：世界著名脑域技术专家陈橙、林欣定于明日回国。有人在字的下面画了一行波浪线，笔迹凝重而粗壮。

　　直到见到这张报纸陈橙才确信自己刚才的确是看到了那个人。何夕，她在心里低喊一声，宛如咀嚼一则古老的故事，而与此同时一滴泪水突兀地从她的眼角沁出来滑落在地。陈橙茫然无措地四下张望着，但她找不到遥远记忆中那双充满灵性的眼睛。

　　在场的人都在心里留下了一个谜，只有叶青衫除外，他在心里轻叹口气，了解地望了陈橙一眼。叶青衫可以确定的一点是，此时令陈橙落泪的正是这么多年来令他内心始终无法平静的那个人。这么久以来那个人一直是叶青衫心底隐隐作痛的伤口。在遇见那人之前他从未想到世界上竟会有那样聪颖的人，同时也想象不到这样的人一旦误入歧途竟会是那样的可悲可叹。

三、旧友

　　国家脑域技术实验室由两幢相邻的十五层豪华大厦组成。两幢大厦都是完全封闭并且隔音的，饮用的全部是纯净水，空气经过最严格的过滤。大厦之间依靠五道完全密闭起来的天桥通道连接。楼顶上停放着四架C2060直升机，随时处于待命状态。大厦内配备有完善的工作设施，生活设施，从日常用品至虚拟实境的旅游及游戏节目等应有尽有。葱茏的植物散布在大厦的各个角落，感觉像是一座花园——尽管在人工环境里养护这些奇花异草的花费高得吓人。大约有三百名研究人员在这里工作，从理论上讲一个人即使一辈子不下楼，也能过得相当舒适。在目光所及的远处高高低低地矗立着一些类似的建筑，传输速率上万兆的通信线路将这些大厦与世界相连。

　　几个月以来陈橙已经喜爱上了这里，从条件上讲这里完全比当初在欧洲的时候还要好。一切都是顺理成章的，建立国家脑域技术实验室的总投资超过四亿美元，而六个月来整个实验室的产值已经是这个数字的三十倍。不过今天陈橙没能像往常一样从容地开始工作，她的目光一直停在液晶屏幕上的电子报刊上。那是一篇叫作《天上画饼》的文章，虽然没有明言，但谁都看得出文中所称的画饼矛头直指脑域技术。在陈橙看来这篇文章虽然语言机智风趣，颇有大众说服力，但在专家的眼中看来却是浮华肤浅、苍白无力，如果不是因为作者的署名的话陈橙根本就不会看上一眼。现在陈橙的目光始终停在那个名字上。她不明白那个人为何会写这样一篇东西。"何夕……"，陈橙盯着那个名字，声音小得几乎不能听到。

就像是回应这句话一般，放在桌上的卫星电话突然响了。

"我是何夕，"一个浑厚的声音说，"你看到那篇文章了吗？"

"我看到了。"陈橙已经从最初的震惊中恢复过来，"真是你写的？"

"当然不是。"何夕笑起来，"你没看到作者是两个人吗，另一个人是我的朋友，这全是他的思想结晶，他是专利局的小职员，是那种爱幻想的业余研究人员。我认为他的论证过程不堪一击，不过至少在结论方面我同意他的意见，所以也署上了我的名字。"

陈橙简直说不出话来，想不到这么多年之后何夕还是那样玩世不恭，竟然在一篇近于儿戏的文章上署名。"为什么这样做？"她幽幽地问。

何夕在电话那头沉默了几秒钟之后说："我身边发生了一些事情，我希望你能够看到。我现在就在附近，如果你决定去的话我来接你。"

四、隐者

蒹葭山是一条支系山脉,山势不高,亦无出奇的风光,平日里人迹罕至。山道旁触目多为杂草及灌木,偶尔亦看到藤本。再有就是竹子,稍稍夸张一点的话可以称作漫山遍野都是。

山间小屋坐落在一个很僻静的山谷里,如果不是有人带路的话谁都难以找到,只有在这附近才看出有人居住的迹象。地里长着木薯样的植物,如果经过加工它可以做成口味一般的面包。树上缠绕着葡萄藤,结着青涩的果实。小片水田里长着水稻,但是生长状况看上去不怎么好。

"想不到你真的选择了这样的生活?"陈橙环视着周遭的田园,她觉得这真是太荒唐了。

尽管她早就知道何夕的那些奇怪的思想,但是她从未想到一个光子商务学的高才生居然会真的实践这样的生活。

何夕没有开口,他急速地四下转动头颅,目光贪婪而迫切,不放过任何让他起疑的事物,看上去就如同一位正在庄稼地里巡视的老农。

"你一直独自一人住在这里?"陈橙轻声问道。

何夕咧嘴笑笑,"本来还有一个人,但七年前忍受不了寂寞离去了。"

"是个女人?"陈橙突然问道。话一出口她就觉得后悔,这样问话太唐突了,而且显得挺在意似的。

何夕幽幽地看了陈橙一眼,缓缓开口道:"不是。是一个合作者。"

陈橙刚要开口,她口袋里的卫星电话突然响了。其实电话已经响过很多次,但陈橙一直没有接听。

林欣的语气很焦急,"陈橙,是你吗?怎么突然就消失了,你在什么地方?"

"我有点事情需要处理。你不用担心,我很好。"一抹暖意自陈橙心头划过,语气情不自禁地变得有些软软的。

"那我放心了。"林欣在电话那边吁出口气,他擦汗的样子立时浮现在陈橙眼前。

"这边的事情我会处理,不过你最好还是早点回来。"

陈橙收起电话,这才发现何夕一直默不作声地盯着自己。她不太自然地笑笑说:"是一个同事。"

"我知道,是那个叫林欣的脑域专家。"何夕低声道,"我知道你们一块回国的,我都知道。"

陈橙很想说"事情并不是你想的那样",但是她张不开嘴。她觉得此时由自己来说这句话会显得很奇怪。

"你饿了吧。"何夕换了话题,"我去给你拿点吃的。你早点休息,今天肯定累坏了。"

就连何夕自己都没有意识到他的语气中那种疼惜的意味恰如多年以前。

……

蒹葭山的早晨美丽而多姿多彩。

陈橙站立在一处地势较高的坡地上,享受着周围的景色,记忆中她已经很久没有这样放松过了,一时间陈橙竟有几分羡慕这样的闲适生活。不过这只是一刹那的感受,陈橙立刻意识到这种念头的可笑,田园牧歌的时代已经被历史的车轮远远地抛在了后面,人类精彩的生活篇章正是现在。陈橙的思绪很快飞驰到了自己的研究领域,生而为人并且置身于人类智慧成果的最前沿,那里的一切一想起来就令人醉心不已。

"吃点东西吧。"何夕突然在身后低声唤道,他系着一条围裙,似乎刚从厨房里出来,手里端着一盘点心,"是我种的。"

陈橙注视着猥琐的何夕,心里掠过一丝叹息。直到现在她都不敢相信何夕竟然真的安然于这种遗世独立的生活,当年那个意气风发挥斥方遒的何夕已经不存在了,成了记忆里褪色的旧影。而真正让陈橙感到彻骨失望的是何夕说话时的语气,因为那是一种充满无限满足似乎别无所求的语气。陈橙终于相信记忆中那个聪明剔透志向超凡的何夕真的已经失去了,不知道是什么时候,也不知道是在什么地点,总之不存在了,只剩下一个闲适的隐者,满足于他所选择的生活。

"我该走了。"陈橙突然对着远方说道,她没有看着何夕。"还记得当年我们常说的一句话吗?"

"什么……话?"何夕嗫嚅道。

"看来你真的忘了。"陈橙并不意外地开口,"那时我们说我们为改变世界而思考。也许你现在会认为那时的我们很可笑,但我要说的是——我珍视当年的一切,而现在我正在实践当初的诺言。"说完这句话陈橙头也不回地离去,因为她知道此时的何夕将无话可说。

但是一个意外事件拉住了陈橙的脚步——何夕突然开口了。

"你错了。改变世界的不是你们。"何夕的声音变得有点异样,"是我。"

五、少年狂

在国家脑域实验室里唯一会让人感到一些不愉快的便是楼下的街景,以及那些如过江之鲫般奔波来往灰头土脸的行人。现在外面似乎正在举行一场庆祝到今天为止中国在本届夏季奥运会上金牌数仍然保持第一的游行,狂热的人群一边喝着啤酒一边声嘶力竭地欢庆胜利,脸上是睥睨天下的自豪。

林欣有点心烦地转身,将目光从天空晦暗空气肮脏的户外收回到这间设施一流的办公室里来。叶青衫坐在对面的沙发上,他们正在讨论陈橙的去向。

"我觉得应该报警。"林欣坚持自己的看法。

"陈橙不会有事,我们一直都能和她联系上。我们还是先处理手上的事情吧。"叶青衫露出了解的神情,他发觉林欣简直是六神无主了,这让他禁不住想笑。

以叶青衫的阅历当然明白是怎么回事,但他同时也发觉这件事情到目前为止还处于剃头担子一头热的阶段。按道理林欣是个不错的选择,不过感情的事从来就没有什么道理可讲。

林欣叹口气,将目光放到投影在大屏幕上的一份文件上。那是政府方面作出的加快脑域技术发展的决议案,中心意思是国家必须在新四经济的浪潮中迎头赶上,文章末尾是一句很有特色的话:脑域兴国。

叶青衫不动声色地观察着林欣的反应。这份文件他先看过,实际上他可以算得上参与了议案的制定。最末的那句话可以说是所有参与制定议案的人的心声。叶青衫心里滚过一阵难言的感慨,多少年了,这片土地已不知与多少次机遇失之交臂。作为人类文明的发祥地之一,作为拥有过汉唐气象的伟大国度,多少年来却风采黯淡,这怎不让每个血性未泯的人扼腕长叹。而现在脑域技术却带来了全新的契机,这不仅因为它是能够创造巨大利润的产业,更重要的一点在于陈橙等顶极人才的加盟,使得中国在新四经济时代从一开始便与其他国家站到了同一起跑线上,准确地说是领先一步。中国专有的多项脑域技术已经投入实际生产,前景看好。最新的月度统计数据显示,中国目前在脑域技术市场上占据了百分之五十点二的份额。当叶青衫看到这个数字的时候,他的内心涌起的狂喜简直无法用语言来形容,这是这个古老国度几百年以来终于重新在世界最先进领域占有过半数的份额。如果叶青衫再年轻二十岁的话,仅仅因为这个数字他就会脱口狂呼"我们是世界之王"。实际上那些在场的年轻人真的那样做了,他们欢呼的声浪几乎要将屋顶掀翻。一时间叶青衫禁不住两眼湿润,眼前这个场面让他近乎有种幸福的感受,他依稀觉得那个属于这片土地的令人向往的时代正在走来。

六、伤心谷

陈橙回头看着来处,曲折迂回的道路已经埋没在了茂盛的植被间。从地理上分析这里只是小屋所在山谷的延伸,但是地势却变得开阔了不少,有些别有洞天的意味。同时也正因为这样,阳光也失去了遮蔽,晒得人头顶发烫。

陈橙突然有些想笑,她禁不住想难道自己真的相信何夕会让自己见到"奇迹"吗?她环视着四周,这里只是一个农场,这里能有什么"奇迹"呢?说不定到时何夕会让她去观赏一头小牛的出生,或者是一大片盛开的紫云英。这并非不可能,因为在一个农人眼里这些就是奇迹。何夕在前面停下来,等着陈橙赶上,目光里带着歉意。

"就在前面。"何夕环视了一眼两边并不十分陡峭的山崖,"这个地方看不到什么风景,几乎没有人来。不过这并不是无名山谷,它叫作伤心谷。这里面还有一个故事的。"

"什么故事?"陈橙来了兴趣。

"大概是说很久以前曾经有一个很伤心的人来到这里,然后他便在此幽居一生,再没有出去过。"

"这算什么故事。"陈橙哑然失笑,"没头没脑的。"

"我倒是觉得这个故事很不错。"何夕若有所思地看着前方,"我们并不需要知道发生了什么事情,伤心的人总是有自己的理由,中国有句古话里说'伤心人别有怀抱',我觉得这个故事听起来又凄凉又美丽。"

陈橙不再搭话,她觉得很累,她已经很久没有徒步行走过这么长的距离了。

"就是这里。"何夕终于停下来,他回过头,神采奕奕地望着陈橙,眼睛里是一种难以用语言形容的妖异的光。

"这里?"陈橙四下张望,她没有看到什么特别的东西。

"你难道没有感到凉爽吗?"何夕指指上面。

陈橙抬头,然后她看到了满目的苍翠如同一把巨伞撑在了头顶,将骄阳挡得严严实实,几乎透不下一丝光线来。陈橙从来没有看到这么深不可测这么令人难忘的绿色,触目所及的每一片地方都仿佛是美玉雕成。但这就是"奇迹"吗?

"是很漂亮。"陈橙淡淡地说,"在这里避暑会很不错。"

何夕没有开口,他目光痴迷地盯着那些绿得有些过分以至于显得有几分怪异的叶片,就仿佛那些叶片是他多年未见的老朋友。何夕自顾自地四下察看,最后在一根细小的枝丫前停下来。有些白色的小颗粒坠在细枝上,随着凉爽的微风轻轻颤动。

"你到底想让我看什么？"陈橙稍显不耐烦地问，她的心思已经飞回到了实验基地，开始盘算回去后怎样才能把这两天耽误的工作补上。

何夕良久都没有出声，他的脸颊上荡漾着一团不正常的红晕，目光水汪汪地紧盯在那根细枝上。

"我该走了。"陈橙终于下决心结束这次也许本来就不应该开始的行动。

何夕抬起头来，长长地呼出口气。"你真的没有看到吗？"他指着头顶上的那条细枝说。

"我当然看到了。"陈橙没好气地应了声。

"不，你没有看到。"何夕郑重地摇头，仿佛是在宣判什么，"这是一枝……稻穗。"

"你说什么？"陈橙像是被人重击了一拳般僵住了，"稻……穗？"

"当然是稻穗。"何夕用力拍了拍身边的那枝曲折粗大仿佛盘龙虬结的树干，"它结在稻秆上。你还没看出来吗？"何夕的声音变得低而古怪，神色也大异平常，就像是一位来自黑暗大森林的巫师。

"我们正站在一株稻谷的下面。"他用巫师一般的声音说道。

七、警员

刘汉威是那种天生的警察料子，一米八五的个头，目光敏锐，浑身上下的肌肉都紧绷绷的。这块头还再配上咄咄逼人的眼神，其震慑力可以想象。

本来刘汉威一直在执行奥运会的中国运动员的保安任务,几天来他尽心尽力地保卫着这些国宝们的安全,总算没出什么事,相处久了还交上了两个运动员朋友,听他们吹些体育界的趣事。刘汉威最喜欢的事就是和运动员掰手腕,他在警局里可从来没遇到过什么对手,但是在这里却一败涂地。单从手臂的外观上看刘汉威似乎还不怎么差劲,但是真正较量起来却根本不是人家的对手。不过刘汉威这个人天生就是倔脾气,他怀着怎么也得赢一次的心理挨个儿找明星们交手,当然最后的结果都是一个"输"字。如果不是被那位脾气暴躁的教练发现后制止的话刘汉威的征战还将继续下去,不过也正是这位教练的话才让刘汉威彻底服了输。那位教练当时一边瞪着刘汉威一边咆哮道:"你丫算什么?知道国家在这几位爷身上花了多少培养费吗?告诉你,每一位都是拿金山堆出来的。全中国的人都指着他们露脸呢。就凭你也想?"

刘汉威接到的新任务是参加一个特别行动组,寻找一位叫陈橙的失踪专家。但是以刘汉威的经验来看这并不算是严格的失踪案件,因为当事人并没有失去联系,而且也不像失去了自由。为了不惊动对方,刘汉威和另两名组员下了警车后只能步行,从最后一次卫星定位的数据来看陈橙所在地应该是五公里之外。由于山地的关系实际路程肯定要远不少,不过这点小事对于训练有素的警员来说根本不算什么。根据计划他们三人将分散行动,到目的地附近再会合。刘汉威朝身后打了个手势,然后他整个人便立刻像蛇一样滑进了郁郁苍苍的林莽。

八、奇葩

"《山海经》里曾经提到过一种叫木禾的植物。它生长在海内昆仑山上，长五寻，大五围。"

何夕目光灼灼地注视着四面的绿色，口吻平静地叙说那个几乎与这个国度同样古老的传说。

直到现在陈橙才稍稍缓过气来，一种疲倦的感觉让她不自觉地倚在了树干上。她的头有些晕，额角的地方一扯一扯地跳动，就像是有人拿着绳子在牵动那里。山海经，昆仑山，木禾……她听见这些只有神话里才有的名词从何夕的口里不断流淌出来。这些都是神话，一个声音在陈橙脑海里说。但是另一个更高的声音立刻说道，不，你现在就靠在一株木禾的树干上，你能够触摸它的每一片叶子，能够听到风吹动树叶时发出的声音。

"这到底是什么植物？"陈橙的声音低得连自己都几乎不能听见。

"我称它样品119号，因为它是第119号样品培育的，别的那些样品都失败了。从某种意义上讲它的确是稻谷的一种，但是——"何夕停了一下，"它是多年生的木本植物。"

"木本植物？多年生？"陈橙重复着何夕的话，脸上的表情就仿佛是听不懂这些意义明确的词汇表示什么意思。

"你怎么了？"何夕宽容地笑笑，并且很关切地牵住了陈橙的手。

陈橙镇定了些，她开始认真地观察这株初看上去并不起眼的植物。它的树干扭曲，直径约十五厘米，树皮很光滑，摸上去一点不扎手。陈橙现在才发觉它的叶子形状很奇特，又细又长，像是芦苇，印象中很少有树木会长这样的叶子。从树干看上去它无疑具有木本植物的全部特征，但从叶子和穗状花序来看却又分明更像是草本植物。木禾？也许真的只有神话里的这个名字对它才是最贴切的。

"它已经生长了两年。"何夕幽幽开口,"这是它第一次开花。前两天我来看过,当时没有一点动静。但是你一来它就突然开花了,就仿佛是专门等着你到来似的。"

"是吗?"陈橙有些神不守舍地应了声,何夕的话让她有种被什么东西击中的感觉。你一来它就开花了……仿佛专门等着你似的……这两句话在陈橙心里盘桓着,如同一条无孔不入的蛇。

"我觉得自己并没有做什么,我只是做了一点小小的改动。"何夕接着往下说,"木禾在传说中的仙山上已经自由自在地生长了千万年,所有人都认为这是神话,但是——"何夕突然笑了,额上露出深长的皱纹,"我把它带到了人间。"

"你所说的改变世界就是因为它?"陈橙已经从最初的震惊里恢复过来,她觉得自己又可以思考问题了,"你凭什么认为它能够改变世界,按照预测,全球的粮食贸易总量不会比脑域经济多。"

"我并不去理会那些数字。"何夕轻抚着光滑的树干,动作很温柔,"我只知道有了样品119号人们就用不着为了增加耕地而砍伐森林了,到时他们每种下一株粮食也就是种下了一棵树。我还知道有了它以后人们将再也不用像千万年来一样重复每年无数次的翻土播种和收割的繁重劳动,人们只需播种一次就能够轻松地收获几十上百年,像锄禾日当午汗滴禾下土那样艰苦的劳作场面从此成为历史。同时由于树木远比草本植物发达的根系,人们几乎用不着浇水和施肥,水土流失也将不复存在。只要阳光照得到,只要大地能够容纳,它就可以自由生长,把氧气、淀粉、蛋白质这些自然的馈赠源源不断地提供给人类。未来的人们将徜徉在无边无际的森林海洋里,与自然融为一体,再也不会分开。"

陈橙这次是真正的震惊了,她完全不能说话,甚至不能动弹,何夕描绘的情景就像神话里的情景般让她完全沉迷于其中不能自拔。改变世界。何夕是这样说的吧?但是这何止是改变世界。这何异于重塑一个世界。陈橙目不转睛地盯着仍然沉浸在自己的世界里的何夕,她觉得有一种难以用语言形容的光芒笼罩着何夕的脸庞。

"我真的看到了——木禾?"陈橙觉得自己的声音像是别人的。

但是陈橙没有料到何夕竟然摇头。"我说过的,它是样品119号,不叫什么木禾。"何夕的神情显得有些古怪,这一点任谁都看得出来。他就像是突然想到了什么东西,一种阴鸷的神色从他脸上浮现出来。

陈橙心里升起纳闷,她不知道什么地方说错了话。在一分钟之前何夕还明明在讲述着那个关于木禾的神话,但转眼之间却又像是变了一个人似的。陈橙不知道自己这时候该说些什么,她无意识地拿指甲刮着一枝弯曲的树干。这时陈橙突然嗅到一股很奇怪的气味从树干被刮掉表皮的地方散发出来,就像是腐烂多日的物体发出的,简直令人作呕。"怎么回事?"她吃惊地跳开,"这是什么气味?"

何夕怔了一下,摇摇头说:"这种气味是它与生俱来的,我曾经想去掉但是没能成功。不过这种气味只在树干和树叶上才有,种子里没有。也许当年它在昆仑山上时就已经是这样的了。"何夕淡然笑了笑,为自己找到这个理由,但是笑容并没有持续,他的表情又恢复到几秒钟之前的样子。

"我们该走了。"何夕补上一句,"我的工作场所就在前面。"

九、迷雾

从外表上看这间屋子并不起眼，直到何夕带她参观了建在地下的实验室之后陈橙才知道这其实是一所具有相当规模的研究所。在实验室里陈橙见到不少稀奇古怪的装置，有些简直称得上闻所未闻。陈橙去过几处世界知名的农作物培育基地，有不少这方面的见识。

但是何夕这里的确有许多不同之处，给人的感觉是他走了似乎与主流不大相同的另一条道路。有一个问题一直萦绕在陈橙心头，那就是何夕告诉她在样品119号里包含有数十种植物的基因，并且称他之所以能够取得现在的成果是因为他找到了一种他称为"造物主的魔棒"的方法。

正是这些基因共同作用的结果才产生出了这种植物。陈橙的心中始终觉得样品119号上笼罩着许多妖异的迷雾，它一方面让人目眩神迷但另一方面却又丑陋得让人难以放心。比如它那奇怪的扭曲枝干，还有枝干上难闻的气味。如果不是有那小小的稻穗作点缀，它完全应该归入令人厌恶的一类。但是，如果何夕真的能够随心所欲地挥舞造物主的魔棒，样品119号又怎么会是一副丑陋不堪的模样？这实在让人难以理解。

"你肯定想知道我是怎么建立起这个设施一流的实验室的。"何夕说这句话的语气就像一个想在朋友面前炫耀的人。他的目光缓缓环视着四周，"当年我们一起求学时学到的那些知识还有用武之地。忘了告诉你，我一直是几家光子商务公司聘请的远程顾问。我就靠这过活，而且还能攒不少钱来做我喜欢做的事情。"

陈橙露出戏谑的神色，"当初你不是说光子商务前途暗淡吗，现在还不是要靠这门技术过活？"

"这并不矛盾。"何夕反驳道,"其实当初我那样讲并不代表我不喜欢这门学科,我只是总结罢了。从新经济时代开始各种让人眼花缭乱的新潮技术就轮番上阵,各领风骚若干年。唯一不变的就是每种技术都经历了几乎一样的发展过程。其实也不需要我多说,你应该有体会的。"

"我明白你的意思了。"陈橙喃喃点头,她死盯着眼前这个男人的脸,记忆里她曾经与这个男人有过无数次的争论,总的印象是自己最后都是失败的一方。就像这一次,她本来以为自己会说服对方的,但是依然还是那样的结果。尽管陈橙永远都不会在嘴上承认,但是她的内心很清楚自己已经再一次被说服了。恍惚间陈橙觉得时光的流逝仿佛停滞了,自己又成了很多年前的那个娇气而任性的少女,怀揣着彻夜不眠才想出的对策去找那个可气又可恨的人争辩,但三言两语之后又再一次失了面子败下阵来,只好一个人躲到校园角落里暗自赌气伤心。

十、王者

"你们是说行动遇到了困难?"叶青衫带点恼恨地问,"不是说已经找到了陈橙的所在地吗?为什么不带她回来?"

坐在他对面的那个胖胖的警官做了个摊开手的动作,"我们不能强行那样做。根据侦察陈橙女士并未被劫作人质,警方在这种情况下没有理由干涉她的自由。现在我们只能在不惊扰她的前提下远距离监视那里的情况。"胖警官指着眼前的计算机屏幕说,"刘汉威警员就在现场附近,如果愿意的话你先看一下他发回的一些录影资料。"

叶青衫不动声色地看着屏幕,他一眼就认出了那个男人。何夕,他在心里悠长地感叹了一声。这么说陈橙遇见的真的是他。叶青衫知道自己永远都无法忘掉这个奇特的学生,他聪明而偏激,我行我素却又害羞敏感,他就像是一个复杂的混合体。当年何夕全然不顾光子商务学每年给全球经济带来的上千亿美元的增长,公然宣称这只是昙花一现的风光。为此叶青衫曾经与他有过几次正面的争论,虽然最后都以何夕认错了事,但叶青衫也知道这只是师威所致,算不得全胜,因为他私下里了解到何夕在同其他人争论这个问题时总是驳得对方片甲不留。就连叶青衫心目中最听话的陈橙最后也在实际上认同了何夕的观点,她终于还是违背了叶青衫的意志转向"脑域"领域。

"我必须赶到那个地方去。"叶青衫突然下了决心地说道,一缕花白的头发随着他头部的运动在额头上一晃一晃的。他一边说一边朝屋子外面走,丝毫不理会胖警官满脸的诧异。外面的大办公室里人声鼎沸,几名因为街头闹事被捕的男人正同警员拉扯着。奥运会今天闭幕,由于中国在本届奥运会上取得了金牌数第一的战绩,因庆祝而扰乱治安被捕者越来越多。

十一、机锋

转基因技术是多年前新经济时代的产物,它给当时的世界带来的争论之多只有它所创造的利润可比。但是现在它只是一门夕阳产业,这并非说它在新四经济时代没有用武之地;恰恰相反,现在的转基因技术产业在技术上比当年成熟得多,而且产业规模是新经济时代的几百倍;可问题的关键在于它现在创造的利润还不及当年的一半。这听起来似乎不合情理但说穿了却很简单,因为在新经济时代它是掌握在极少数集团手里的尖端技术,可以从中获取极高的收益。当时一头乳汁里含有人体特殊蛋白的转基因奶牛每年能够创造两亿多美元的价值，而现在就算养上一千头这样的转基因奶牛也达不到这样的效益。

何夕用探针从无菌培养基里挑出细小的一团放到显微镜下观察，他的神态很专注。陈橙靠在一旁的转椅上，有些随意地环视着四下的陈设。何夕只过了几分钟便停止了工作，带点歉意地一边收拾一边说："让你久等了。这是每天必须做的工作。"

陈橙淡淡摇头，"你不用管我。"

"已经弄妥了。"何夕收拾完毕，重新将培养基放入小型温室，"这是新培养的一批样品119号。我计划扩大实验规模，现在缺的是资金。"

陈橙心念一动，"我记得国家农业部有这方面的专项基金。前不久我还跟农业部水稻研究所所长西麦博士见过一面，听他提到过这件事。他是杂交水稻专家，一定会支持这件事情的。"

何夕立刻被陈橙的提议打动，他的眼里放出光来，不由自主地握紧了陈橙的手。陈橙脸上微微一红，但是并没有挣开。何夕很快发现了自己的失态，急忙有些不自然地松开手。"原来样品119号运用的只是转基因技术。"陈橙换了话题，"说实话我有点意外，我本以为这里面会有一些新的尖端技术。"

何夕露出神秘的笑容，"我的确没有什么出奇的尖端技术，但这有什么关系呢？我只知道我造就了样品119号。技术就好比是一把锋利的刀，但很多手里有刀的人却未必能够雕刻出完美的作品，他们缺乏的是创造性的想象。也许人们早就具备造就样品119号的能力，却只有我做到了。你明白我的意思吗？"

陈橙不自觉地点头，她想起当年爱因斯坦评价自己创立的狭义相对论时说的一句话：苹果已经熟了，我只是摘下它的人。但是，谁能否认爱因斯坦那超人的智慧呢？也许何夕是有点自负，但是他的确有资格自负，因为他想到了常人想不到的东西。不，还不止常人。陈橙接着想，自己也不是从未想到过这一切吗？陈橙突然有些气馁，她觉得自己多年来努力取得的那些曾经令她倍感自豪的成就在何夕面前竟然有失色的危险。

"可我还是认定一点。"陈橙决定要有所反击，她的自尊心命令她这样做，"现在全世界都看好脑域技术，它才是世界经济新的增长点，尤其对于我们这个依然落后的国家更是如此。这段时间以来我们每个月的产值都超过二十亿美元，我们在全球脑域技术的市场上占的份额已经过半，而且还在扩大。我们现在拥有世界第一流的实验基地，拥有世界上最好的脑域技术人才，我们将在新四经济时代建立从未有过的优势地位。"陈橙被自己描绘的前景所感染，眼角有隐隐的泪光闪动，"我永远忘不了那天我同叶青衫教授谈到这个问题时他说的一句话，他说为了这一天的到来他已经盼望了整整一生。"

当陈橙提到叶青衫的名字的时候何夕的身体微微抖动了一下，但是他没有说什么。陈橙用一句她认为最关键的话来结束整段谈话，"而样品119号能够做到这一点吗？它是有许多优点，可是它生产的只是每个国家都能生产的最普通的也是最原始的商品——粮食。"

何夕听到这里突然大笑起来，"看来我们终于说到关键地方了。我承认脑域技术的确是我们这个时代最尖端的科技，它只掌握在极少数人手里。你说你们每个月的产值都超过二十亿美元，这我完全相信，而且据我分析其中的利润将达到十六亿，也就是说是成本的百分之四百。道理很简单——那些脑域技术产品除了在你们的实验室里没有别的地方能够生产。其实这正是从新经济时代到新四经济时代所共有的唯一的不变之处。"

陈橙疑惑地点头,她很奇怪何夕竟然完全是在顺着她的意思往下说。

何夕莫测高深地接着往下讲,"而样品119号呢?就像你说的那样,它的最终产品只是粮食,谁都能生产,我根本卖不了高价。结果可能还要糟——你知道样品119号的性能,它被推广后可能使得粮食生产变得几乎没有成本,粮食作物将成为野草一样的东西。到时候说不定粮食生产将不复为一个产业。"

陈橙不知道应该怎样理解何夕的话,她甚至不懂何夕想说什么。何夕所说的全都是实情,但是照他的说法,样品119号将是一种无法创造效益的成果。可是既然何夕已经认识到了这一点,他为什么不及早回头?

"可是,也许有一件事可以同它做比较。"何夕话锋一转,"照刚才的逻辑,世上无用的成果还有一样,可那却是许多年以来全人类都梦寐以求的最伟大的理想。"

"你指的什么?"陈橙喃喃道,她努力猜想何夕会说什么,但是她实在想不出。

"那就是可控核聚变技术。"何夕慢慢开口,"这种技术的产品是能源,但如果它成功的话能源将变得一钱不值。"

陈橙生平第一次觉得自己就像个傻瓜,竟然无法开口说一句。她疑惑地望着何夕,望着这个她曾以为很熟悉,甚至一度有所轻视的人,脑子里响着乱糟糟的声音。木禾,样品119号,脑域,可控核聚变……陈橙恍然觉得支撑着自己的世界的那些原本坚不可摧的柱石正在某种力量的挤压下崩塌。

但是何夕并不打算放过她,他的语气变得幽微,"对于一个人口不多的国家而言脑域技术会很有用,因为他们可以去赚世界上剩下的几十倍于他们的人口的那些人的钱,再用赚来的钱去享受那些谁都能生产因而廉价的传统商品。这样的游戏在新经济的时代就开始了,当时世界上那个最强大的国家只有世界人口的三十分之一,却每年购买并消耗了世界上三分之一的能源。如果中国要达到这样的水平就要消耗掉世界能源的百分之二百,无论你们的脑域技术产品能赚多少钱也不可能办到这样的事情。脑域兴国——你们是这样提的吧——对于我们脚下的这片土地来说只是一个可笑的画饼而已。"

"你真的以为自己改变了这片土地吗?你们待在一尘不染与外界完全隔绝的豪华大楼里,但几步之遥的户外却充斥着肮脏、贫穷、疾病,以及污染。你们掌握有世界最先进的脑域技术,薪水丝毫不逊于世界上任何一个国家的专家,其中的某些人——比如说你和林欣——很快就会成为世界首富。但是,如果你们将头伸出窗外看一眼就会发现,你们什么也没有改变。"

"老实说我都不知道自己应该怎样理解你的话,我觉得迷惑。"陈橙在短暂的沉寂之后插话道。

"我的意思其实很简单。"何夕望着天边,目光灼人,"对于我们脚下这片浸透着苦难的古老土地来说,只有那些最最'基本'的东西才会真正有用,除此之外的一些东西最终都只是好看却作用不大的肥皂泡而已。"

陈橙已经完完全全地沉静下来,她幽深地看着何夕,目光如同暗夜里的星星。

十二、异端

叶青衫没能实行自己的计划。就在他正准备动身的时候接到了警方通知：何夕同陈橙已经离开了蘘荷山。

国家水稻研究所是农业部下辖的所有研究所里最重要的一家。这是一片以米白色为基调的园林式建筑群。在大门的旁边立着一块仿照稻穗形状的石碑，上面镌刻着一些令人肃然起敬的名字——他们是这个领域的先行者。

西麦并没有刻意去掩饰脸上的不耐烦。西麦是杂交水稻专家，他的一生几乎都交给了这种与人类生活密切相关的植物。虽然并不能说他已经穷尽了这个领域内的所有发现，但至少不应该存在什么他完全不知道的"革命"性的东西，从这一点出发他对陈橙的推荐基本上可说是充满怀疑。不过现在眼前的这个人并不是他想象中的那种爱出风头的形象，西麦与何夕对视了一秒钟，他发觉有种令人无法漠视的力量从这个高而瘦弱的人身上散发出来，竟然令他微微不安起来。

陈橙作了简单的介绍。然后把剩下的时间交给何夕，同时暗示他尽可能说简短些。但是何夕的第一句话就让陈橙知道这将是一次冗长的演讲，因为何夕说，"《山海经》是中国古老的山川地理杂志……"

投射进房间里的阳光在地上移动了一段不短的距离，提醒着时间的流逝。西麦轻轻吁出口气，他这才注意到自己的两腿已经很久都没有挪动过了，以至于都有些发麻。他盯着面前这位神情平静的陈述者，仿佛要做某种研究。在西麦的记忆中他从来没有像今天这样一语不发地听完对方的谈话。并不是他不想发言，而是他有一种插不上话的感觉。这个叫何夕的人无疑是在谈论一种粮食作物，这本来是西麦的本行，但是听上去却又完全不对路，尽是些神神道道的东西。不过中心意思还是很清楚的，那应该是一种叫作"样品119号"的多年生木本稻谷。西麦的额上已经沁出了一层细小的汗珠,这是他遇到激动人心的想法时的表现。

他终于按捺不住问道:"这种作物的单产是多少?比起杂交水稻来如何?"

何夕突然笑了,西麦一时间弄不明白他的笑是因为什么,在他看来他们讨论的是很严肃的话题。"我不认为我有必要过多地考虑这个指标。"何夕笑着说。

西麦简直要怀疑自己是不是听错了。难道对于一种粮食作物来说单产这样的指标还不够重要吗?如果一种作物离开了这个指标还能够称得上是作物吗?西麦狐疑地盯着何夕看,他真想伸手去探一下何夕的额头看他是否发烧。

"你误会了我的意思。"何夕了解地说,"我只是说样品119比起任何杂交水稻来首先在出发点上就已经有了天壤之别,它们根本就不可比。"

"是吗?"西麦轻轻问了句,抬头环视了一眼这间专属于他的设施豪华的办公室。一幅放大的雄性不育野生稻株的图片挂在最醒目的地方,这是多年前一位杂交水稻研究的先驱者发现的,由此带来了一场杂交水稻的技术变革。他本人也因此从权威的挑战者变成了新的权威。现在西麦所做的一切都是沿着他闯出的道路往下走。这条路已经由许多人走了许多年,已不复是当年崎岖难行的模样,而是很宽阔,很……平坦。

"我知道你们这里有专项的研究基金。"陈橙打破眼前这短暂的沉默,"何夕现在最缺的就是资金。他一个人的力量太小了。"

"你是说资金。"西麦恋恋不舍地将目光从那幅图片上收回,"我们是有专项的资金,但是现在有几个项目都在同时进行。何况……"

"何况什么?"何夕不解地追问。

西麦露出豁达的笑容,"我们不太可能将宝贵的资金投入一个建立在神话之上的奇怪想法中去。想想看吧,你竟然不能告诉我样品119号的单产。"何夕静默地盯着西麦的眼睛,几秒钟后他仿佛洞悉般地叹口气说,"虽然我知道多余但我还是想解答你的问题,我现在的确还不知道样品119号的单产究竟是多少,但即使今后发现它比不上杂交水稻的单产我也将坚持自己的观点。因为那种情况即使出现也肯定是暂时的。"

"你注意到了一个现象吗?夏天里再茂盛的水稻田的地表也会发烫,这说明大部分太阳能根本没有被利用,而夏天的森林里却总是一片凉爽,这也是木本作物和草本作物的最大区别之一。就好比汽车刚刚诞生的时候根本比不上当时马车的速度,但这绝对阻挡不了前者最终成为世界上交通工具的主宰。"何夕苦笑一声,"我知道你们一直走的是水稻杂交路线,培育的作物始终都是草本植物,这同我走的完全不是一条路。在你们这些正统人士眼里我根本就是一个不守规矩的异教徒,你们可以拒绝帮助我,但这只会让我从内心里感到鄙视。你们不过是为了保持自己占有的一点点先机,但是却放弃了更多的可能性。"

何夕说完这句话便头也不回地夺门而出,陈橙仓促地起身朝西麦点点头后追了出去。

屋子里安静下来,西麦突然觉得很累,就像是要虚脱的感觉。他无力地靠倒在沙发上,目光正好看到了那幅醒目的图片。这时就像是有一股力量注进了西麦的身体,他挺了挺身板,痴痴地看着图片,目光中充满依恋,就仿佛是仰望着图腾一样。

十三、秘密

叶青衫在研究所门口截住了何夕与陈橙。这是一次意料之外的会面,何夕脸上的表情像是惊呆了。

"同自己的老师见面就那么可怕?"叶青衫有些伤感地说。

"不,您误会了。"何夕镇定了些,"我只是觉得自己对不起老师。"

"这倒不必。"叶青衫立刻明白了何夕的意思,"人各有志岂能强求,就连陈橙不也是改了专业吗?我不怪你们。"其实这句话并不错但却不是实情,因为在叶青衫眼中陈橙走的依然是正途,她今日的成就令叶青衫也感到荣光,而在叶青衫看来何夕却是堕入了旁门左道,他甚至都不知道何夕究竟在干些什么。

叶青衫转头对陈橙说,"这段时间我们都很担心你。林欣现在也没法静下心来工作。"

叶青衫的目光突然飘向陈橙的身后,"说曹操曹操就到了。"

陈橙回头,林欣的头从一辆警车中伸出,车像脱缰野马般冲过来又猛地停下。林欣跳下车,忘情地扑上来紧紧拥住陈橙,脸庞涨得通红。"这些天出什么事了?"林欣大声问,但是看来他并不打算让陈橙回答,因为他将陈橙的整个脸庞都死死压在了他的胸前。

"别这样。"陈橙费力地挣脱出来,她的目光从何夕脸上扫过,她看到一丝复杂的神色滑过何夕的眼底。"我先介绍一下。"陈橙指着何夕说,"这是何夕,我的老同学。"又指着林欣对何夕说,"这是林欣,我的……老同事。"

"何夕。"林欣念着这个似曾相识的名字,同时探究地看着眼前这个男人的脸。

他既然是陈橙的同学,年龄应该也是三十多岁,但是看上去的苍老程度却像是接近五十。很久没刮的胡子有些乱糟糟地支棱着,更加夸大了这种印象。林欣不由自主地摸了摸自己光洁的下巴。

"常听陈橙提起你。"何夕伸出手与林欣相握,"我知道你是世界著名的脑域学专家。"

林欣照例谦虚地一笑,同时礼节性地轻轻碰了一下何夕的手,就如同面对那些众多的仰慕者一样。之后他便立刻将注意力集中到了陈橙身上,同叶青衫一道对她关切地询问着。

何夕在一旁有些孤单地子立,沉默地注视着这幅热闹的重逢画面,一丝几乎难以察觉的落寞神色滑过他的眼角。长久以来他已经习惯了遗世而独立的生活,对于外界的喧嚣几乎从不在意。但是眼前这似曾相识的情景却在一瞬间里无可抵抗地击中了他,一股久违的软弱感觉从他心里翻腾起来。

我在这里做什么?何夕问自己。这是他们的世界,我不该留在这里,我应该回到山谷中去。何夕咬咬嘴唇,最后看了一眼正沉浸在相逢的快乐里的人们,慢慢地朝后退却。

但是一个声音止住了他,是陈橙。"何夕快过来。"她神采飞扬地喊道,"我有一个提议。"

何夕的脚步立即停了下来,这并非因为有什么"提议",而是因为这是陈橙在叫他。他淡淡地笑着迎过去,加入原本离他很远的热闹之中。

"我计划提议从我们的研究经费里抽出一部分来资助你,"陈橙大声地说,"凭我们三个人的支持一定能通过这个提案。"

"支持?那⋯⋯当然了。"林欣转头看着何夕,目光就像是看着一个靠着女人的荫庇生活的男人,"我没什么意见。"

"怎么说话有气无力的?"陈橙打趣地望着林欣,"何夕不会浪费你的那些宝贵经费的,他从事的是很有意义的事情,他研究木禾。"

"什么……木禾?"叶青衫迷惑地看着何夕,"那是什么东西?"

"木禾是一种长得很怪又有臭味的树。不过却很了不起。"陈橙的语气有点卖关子的味道,这么多年来所有人都误会了何夕,现在她真的替何夕感到骄傲。

但是何夕脸上的神色却突然变得阴沉,"从来没有什么木禾,我研究的是样品119号。"陈橙悚然惊觉,这已经是何夕第二次这样强调了。他似乎很不愿意听到别人提起"木禾"这个词,就像是有什么不为人知的东西一直哽在他的胸口里。陈橙不解地望着何夕,但是后者已经紧抵住了嘴,也许那将会是一个永远的秘密。

十四、绝尘

陈橙有些不耐烦地敲着桌面。国家脑域技术实验室的负责人基本已到场,今天他们将讨论向"样品119"项目(这真是一个奇怪的名称)注入资金的事宜。时间已经到了,但是何夕却没有现身,这让陈橙有些不快,也许长久以来的农夫生活令他的人也变得疏懒了。

去催问的人回来了,他径自走到陈橙面前交给她一个金属盒子,"是那个人留下的。指明交给你。"

盒子很厚,有种沉甸甸的感觉。陈橙有种不好的预感,她两手颤动着打开盒子。平面最上层放着一台微型录音机。陈橙戴上耳机,何夕那浑厚的声音传了出来。

"陈橙：凭你的聪慧，当你收到盒子的时候一定就意识到什么事情发生了。是的，我走了；这是我费了很大力量才决定的。你一定责怪我为什么这样做，老实说一时间我自己都无法完全说清楚。我知道明天你们将讨论资助我的问题，但正是这一点促使我尽快离去。很奇怪吗，你马上就会明白。

"我的研究其实早在两年前就完成了。一切都很成功，甚至近于完美。我挥舞着造物主的魔棒创造出了我想要的东西，我将世间植物的所有优点都赋予了它，在那令人永生难忘的时刻我将木禾从高不可攀的神山上带到了人世间。

"是的，我是说木禾，而不是什么样品119号。那时的木禾还只是一株幼苗却苍翠而修长，可以想见长成后的伟岸与挺拔，也许就像《山海经》所说的那样'长五寻，大五围'。我目眩神迷地注视着它，大声地赞美它，就像是面对自己倾心不已的恋人。但是接下来我却伸出脚去将它碾作一团泥。不仅如此，此后我全部的工作便是搜寻植物中那些令人不快的基因表达，比如弯曲的枝干以及恶心的气味，并且挖空心思地将与这些性状有关的基因嵌入木禾中去。这样做的结果便是你看到的那种奇怪的植物——样品119号。长久以来我一直就在做这些事情，那天我说希望得到研究资金，其实是因为我还想在样品119号中加入某种制造植物毒素的基因，以便让它的树干中含有剧毒。

"听到这里你一定以为我疯了。但是你错了，我并没有疯，恰恰相反，做这一切的时候我很清醒。我之所以这样做只有一个原因，那就是我太喜欢木禾了，它是我半生的心血。中国有句古话：匹夫无罪怀璧其罪。你明白我的意思吗？大象因为象牙之美而招致杀身之祸，犀牛死于名贵的犀角，而森林则因为伟岸挺拔的树干而消失。人类主宰着这片多灾多难的土地，按照自己的意愿支配着一切。我将这些性状加到木禾中去只是起某种防御作用罢了，我这样做只是希望有朝一日木禾能够遍布这颗历经沧桑的星球，而不是被砍伐一空——这种事情实在太多了，让我根本无法相信人类的理智。如果资金到位我准备马上开始。

"但是我最终决定放弃了。这真是一个难以做出的决断，我为此彻夜不眠。不过现在，我总算下定了决心，我想自己总该对世界保留一些希望吧。也许有了教训后的人们会不再像以前那么贪婪呢？也许这都是我的杞人忧天呢？所以我把最后的决定权交给你，在盒子里有两个试管，里面分别培养着木禾以及样品119号的幼体，但愿你内心的声音能够引领着你做出正确的决断。

"你一定会问我将到哪儿去。别为我担心，我有自己的路可走。还记得我们说过的，这个世界除了木禾还有一项研究也是'无用'的吗？最大胆的预测是有实用价值的可控核聚变技术将在五十年后问世，也许那便是我的归宿了。这次重逢让我知道经过这么多年之后我们的人生之路已经相隔太远，同学少年的美好时光就让它在记忆里封存吧。

"向林欣问好，他会是一个很不错的人。

"再见，陈橙。

"再见，世界。"

……

整个屋子里鸦雀无声，所有人都面面相觑，不明白发生了什么事。

陈橙从盒子里抽出两支试管，一时间整个屋子都仿佛变得明亮起来。左边的试管壁上标着"样品119号"的字样，里面有几苗黄绿色的不起眼的植株。而另一支试管则没有任何标记。陈橙将目光集中到右边的那支试管上，她并没有意识到自己的手已经开始颤抖。试管里只有一株小苗，纤细而柔弱地斜躺着，除了那夺人心魄的绿色并没有什么出奇之处。木禾，陈橙在心里轻唤了一声，如同呼喊奇迹一样。霎时间里陈橙的心中滚过万千难以用语言形容的感慨，她仿佛看到了掩映在云雾深处的海内昆仑山，千万年来簇簇仙葩自由自在地在绝顶之上生长着，山腰风雪肆虐，一个渺小而倔强的身影若隐若现……

"你怎么了？"林欣关切的询问将陈橙从短暂的失神中惊醒。"那个没有标记的试管里是什么植物？"林欣追问道，"它叫什么名字？"

陈橙陡然一滞，竟然不知道该怎样回答这个问题。她的目光停留在了试管上，是的，那个人将决断的权力交给了她，那个人将神话里的木禾带到了人世间，但是很快便发现它太完美了，几乎不可能在这个早已摒弃了神话的世界上生存。

"它也是样品119号吗？它也是稻谷吗？"林欣挠挠头，"不过看起来有些不一样。"

"它是一棵擎天大树。"陈橙脱口而出，泪水在一瞬间里透湿了她的双眼。

生命科技·生命是地球最赞的发明

●单少杰/文

神说，你真是完美啊！

你觉得自己好看吗？也许你不够白，不够强壮，但如果你回到人类发展早期，去问当时的人这个问题，他一定会毫不犹豫地回答你："你虽然长得丑，但你简直太完美了！"

哎！别急着打人！他可不是在讽刺你。对于当时的人而言，不管你长什么样，只要你是一个人类，你就是地球上最完美的生物，是神最伟大的杰作。

在那个年代，人们对生命的认识主要来自感觉器官的直接反馈，比如视觉、听觉、嗅觉等。虽然他们同样也在好奇生命是怎么出现的，它的本质又是什么，不过，他们可不像你似的，能从各种科普书籍，或者"蝌蚪五线谱"这样优秀的网站上找答案。他们对生命的认识，只能来自一个地方——脑洞！

在当时的人看来，世间万物都是由神创造的，无论是西方的宙斯还是东方的盘古，都是我们的父母。但即使同为神的孩子，世界上的生命也有三六九等之分，比如在植物界，木本植物的地位要高于草本植物，动物界则大型动物的地位要高于小型动物。

我们人类又处于何种地位呢？作为地球上唯一一个会说话、会用工具的物种（现在看，这个观点也是错的），我们人类当然

■ 女娲,中国上古神话中的创世女神。传说最初的人,就是女娲仿照自己用泥土捏成的。这幅《伏羲女娲图》发现于吐鲁番地区的阿斯塔纳墓穴中,为中国创造世神话中出现的伏羲和女娲。两神各持规和弯曲的矩尺,象征天圆地方这一中国传统的宇宙观。伏羲和女娲都是上半身为人身,下半身则是互相缠绕的蛇形

是世界上最高级的物种。而且，虽然我们不会飞，跑得也不快，还没有尖牙利爪，但我们人类是绝对完美的，是神的杰作。

在这里弱弱地插一句，古人认为我们人类是完美的，却给创造我们的各路神仙预设了一大堆缺点，这个逻辑简直匪夷所思。

在这一时期，生命对于人类而言充满了神秘，特别是意识、生死这种连现代人都说不清的东西，对古人而言更是只能靠脑洞来解释。在他们看来，意识约等于灵魂，可以独立于身体存在，生死也不是开始和结束，而是一种生命形式转换为另一种生命形式、灵魂从一个世界到另一个世界的过程。人死了，就跟打游戏升级一样，是有机会位列仙班的。特别是帝王这样的"人民币玩家"，更是可以一步登天、与太阳肩并肩。本着敬畏（怕被天谴）之心，他们的丧葬规格也格外隆重，例如"无论生前多有钱，死了都只需要一个小匣子，但放小匣子的地方不能含糊"的金字塔，或者"虽然老子已经死了两千二百多年，但你们就是不敢挖开"的秦始皇陵，都是古人对生命敬畏的集中体现。

大脑是个散热片，你信吗？

虽然神学家的脑洞很完美，但现实是残酷的，伤病甚至死亡仍无时无刻不在打扰人们。人们迫切地想知道，我们的身体里面究竟是什么样的，心肝脾肺肾的功能又是什么。

对于现在的科学家而言，要想知道这些问题的答案，做个人体解剖手术是个理所当然的选择。但在当年，解剖人体可是一件相当罪过的事。当时的人们仍然认为人类身体是神圣的，特别是在中国，身体发肤受之父母，死了再被剖开可谓是大不敬。而且解剖器具、研究方法的不科学往往会掩盖真相，让原本就喜欢脑

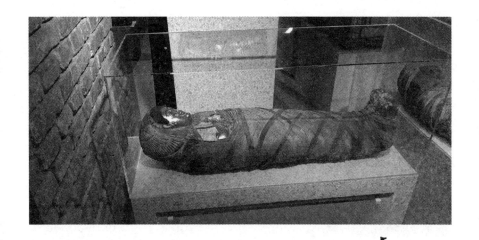

■ 大名鼎鼎的埃及木乃伊（图片来自Yair Haklai）

洞大开的人们继续瞎猜。

不过，在当时仍然有一群人用自己的力量扛起了解剖学的大旗，他们就是制作木乃伊的埃及人。对，你没听错，不是某个严谨的科学家、研究机构，而是无比崇尚封建迷信的埃及人。在埃及文化中，制作木乃伊是丧葬流程中不可缺少的一环。若要尽可能完整地保留身体，就得去掉易腐的内脏，于是埃及人率先开始了人体解剖学的研究。后来，随着埃及文化的传播，他们的研究成果也启发、指导了一些欧洲科学家的工作，比如德谟克利特（Democritus）。

德谟克利特出生于公元前460年左右，与其说他是一个自然科学家，倒不如说他是哲学家。德谟克利特对生命的认知充满了浓浓的忽悠意味，他认为人体是一个小宇宙，与装载了无数星辰的大宇宙相对。这个小宇宙里有各种原子，注意，这里说的原子只是代表小粒子的意思，跟你在物理、化学课上学到的原子概念完全不同。而人的一切行为都是这些原子变化的结果。比如呼气

■ 路易斯·阿尔贝托·科斯特尔斯的亚里士多德（公元前384—公元前322），古希腊人，世界古代史上伟大的哲学家、科学家和教育家之一。他几乎对每个学科都做出了贡献，写作涉及自然科学、经济学、教育学、心理学、政治学等。因此，人们将他看作中世纪最博学多才的人

时，人体会产生一种叫作"活气"的东西，这种活气是由灵魂原子构成的。一旦灵魂原子全部离开了身体，人的灵魂就用尽了，人也就死了。不过幸好人会吸气，在吸气的时候，会有新的灵魂原子源源不断地产生。他还认为，大脑是思维的工具，心脏则是勇气的发源地，肝脏则主宰淫色。

但是，另一些科学家则有不同的看法。没办法，毕竟大家都不知道真相，各自开脑洞也正常。柏拉图（Plato）就是其中之一，对，就是你知道的那个"贤者"柏拉图。不过，他干的事可一点都不贤者，他不但认为德谟克利特是个骗子，还妄图烧毁他的全部著作。柏拉图为了证明自己的观点，对人体进行了充分的研究。只是，因为他是带着浓浓的目的性进行研究，所以结果往往都是错误的。例如他认为，因为球形是完美的，所以人体最重要的器官就是圆圆的头部，也是主宰灵魂的器官。而且，正所谓鸡蛋不能放在同一个篮子里，灵魂也不能都装在大脑里。大脑里的灵魂主要负责推理能力，负责情感能力的部分则被装在心脏里，欲念部分则装在肝脏里。而肺的作用主要有两个：一是用来减震——避免心脏跳动形成的震动伤害到其他器官；二是垃圾回收——清理肝脏产生的不洁之物。此外，与现代进化论背道而驰的是，他认为人类是地球上最早出现的生物，除人之外其他生物都是人类的退化品。不知道达尔文看到柏拉图的著作，会不会当场气死。

另一个不认同德谟克利特的人是亚里士多德（Aristotle）。亚里士多德其实是柏拉图的学生，但这个学生明显比较有思想，他不但认为德谟克利特是个骗子，同时也认为自己的老师柏拉图

不太聪明。亚里士多德认为，大脑不可能是思维的工具，它不过就是个降低血液温度的器官而已，跟电脑散热片一个道理。他声称，人的灵魂都住在心脏里。平时，心脏在工作的时候会产生很多热，大脑就负责散掉这些热。如果大脑工作能力不足，人体的热量太多，人就容易冲动。如果大脑的工作能力太足，人体留不下太多热，人就会睡过去。

不过，亚里士多德也为生命科学的发展提出了很多正确的理论。比如在分类学上，他就提出应该以身体的综合特征为依据对生物进行分类，而不应该只以某一特征分类。例如鲸虽然是水生的，但身体的综合特征却跟牛、马相似，应该被分到一起。这可是分类学的一大进步，要知道即使在现代，也有不少人认为鲸是鱼的亲戚。

就是在这脑洞大开的年代，一个对后世研究具有重要影响的人物诞生了，他就是克劳迪亚斯-盖伦（Claudius Galenus）。盖伦是古罗马的医生、自然科学家、哲学家。他自称在13岁的时候就写完了3本书，一生共创作了256本书，涵盖了哲学、宗教、伦理学、数学、法律、解剖学、生理学、病理学、营养学、卫生学、治疗学、药学等多个领域。而且，为了防止自己的学说被后世误解、误读，他还出版了一本名为《关于盖伦自己的书》的书，这波操作实在是……可能就是因为他如此优秀，他的一生也招黑无数，不少人都说他是空谈家、骗子。但不管怎么样，他创立了西方医学和生物学知识体系，将一些不同的学派整合在了一起，这对后续的研究具有极其深远的影响。此外，他的理论，特别是对心脏和脊髓的研究也对后世有重要的影响。只可惜，受制于神学对人体解剖的限制，盖伦不能自由地完成解剖工作，只能通过对动物进行解剖来推测人体的结构。例如他认为肝脏可以分成五叶，这对狗而言是正确的，但人的肝脏并不是这样。他还认为人体中有一种叫作奇网（Rete Mirabile，也被译作"细脉网"）的血管组织，实际上这是反刍动物才有的结构。另外，他认为心脏的跳动是因为它在膨胀，而非肌肉的收缩。他还无视呼吸与心跳不同步这个现象，主观上认为呼吸是与心跳相关联的，心脏膨胀时可以吸入空气，收缩时则将空气压出。

就是在这些人脑洞大开的过程中，生命科学逐渐发展了起来，只是方向有点跑偏。不过，好在时间终于来到了欧洲文艺复兴时期。

大冒险的前一夜

不会用解剖刀的画家不是好科学家

一提到文艺复兴，可能很多人就想到了文艺片里那复杂花哨的裙子和基本不穿衣服的男体雕塑，但其实文艺复兴所包含的内容远比电影里演的要丰富。它的名字里虽然有"复兴"二字，但它并不是单纯地想要回到古时候，而是一群有钱、悠闲的人，借着回溯历史的名头开展的一次科技、文化创新。按照教科书上的说法，欧洲文艺复兴是欧洲新兴资产阶级对科学、文化、艺术和哲学等领域开展的一次思想解放运动，也称为科学发现的年代，西方科学界称之为欧洲重新发现古希腊文化的时期。这个过程有点类似于现代时装设计师一边呼喊着"我们要重现历史"，一边源源不断推出高科技设计新品。

文艺复兴没有一个确切的开始时间，它是不同人、不同流派逐渐汇集的结果。但在这场思想解放运动中，有一个大事件不容忽略，那就是1348年流行性淋巴腺鼠疫事件。

流行性淋巴腺鼠疫，即传说中的"黑死病"，是由细菌引起的一种致死率极高的传染病。1348年，流行性淋巴腺鼠疫肆虐欧洲，因为当时还没有显微镜，所以人们并不清楚这种疾病的病原到底是什么，也不清楚该如何阻挡死神的脚步。那时候，人们除了把生的希望寄托于简单的防护措施，更多的是去教堂寻求神的庇佑。但遗憾的是，神并没有保护这些苦难中的人，每天依旧有无数的人在痛苦中死去。恐慌、劳动力短缺引起的农民叛乱让教堂的威信直线下降，科学的力量开始强大起来。

在这期间，文艺界也为科学发展贡献了自己的力量。当时的艺术家大力推崇古希腊时期的人物绘画、雕塑技艺。他们在实践过程中认识到，要想更准确地描绘人体，仅靠外表的观察是远远不够的，必须有足够的解剖学知识去了解肌肉、骨骼的形态。人体神圣不容侵犯的理念受到了严重冲击，一些画家、雕塑家转而开始研究起了解剖学，其中最著名的莫过于莱昂纳多·达·芬奇（Leonardo da Vinci）。

后人对达·芬奇的评价，往往集中于其艺术造诣上，比如那幅著名的《蒙娜丽莎的微笑》，其实达·芬奇可是一个不折不扣的科学达人，他在解剖学、机械学等领域都有杰出的贡献。而且他还创造性地发明了很多研究手段，例如他把蜡注入颅骨内，做成脑模型来研究大脑的结构。他还发明了研究眼睛等软组织的解剖技术，还曾在猪的胸膜上制造了一个创口来观察心脏的跳动。

在这些艺术家的助攻下，科学家们也如虎添翼。虽然当时的人体解剖依旧受到文化、思想的限制，但解剖学的成果已如雨后春笋般出现，一大批科学家用自己的研究成果为后世解剖学发

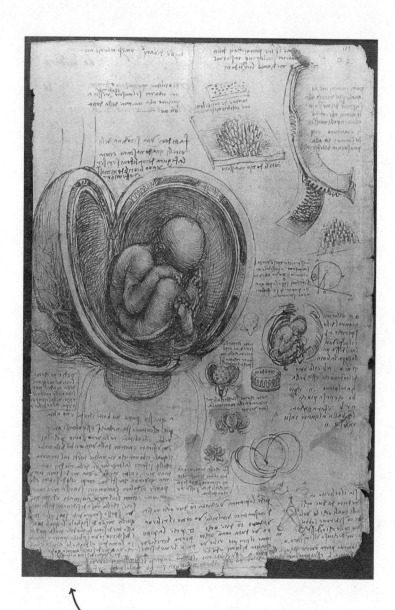

■ 莱昂纳多·达·芬奇所画的胚胎研究手稿（Luc Viatour 摄）

展奠定了坚实的基础。其中最著名的两个人就是安德烈·维萨里（Andreas Vesalius）和威廉·哈维（William Harvey）。

维萨里从小就热爱解剖学。在他生活的年代，盖仑的理论还占据主导地位，所以每当他发现自己的解剖结果与盖仑的结论不一致时，他都会问一句为什么。终于，无数次的质疑促使维萨里做出了一个惊人之举。1540年，维萨里举行了一次公开的解剖演示，在演示中他指出了盖仑非常多的错误。三年后，他又将自己的结论整理成《人体的构造》出版。不过，他的观点激怒了盖仑的忠实拥趸，他们肆意攻击维萨里，还称其为"维萨努"，意为"疯子"。而这些无知的盖仑粉们攻击维萨里的理由都极其可笑，比如他们认为按照《圣经》的说法，女性是上帝用男性的肋骨制造的，所以男性应该比女性少一根肋骨才对。但维萨里却说男性和女性肋骨的数量是一样多的，这着实是对上帝和盖仑的侮辱。面对铺天盖地的指责、谩骂，维萨里最终放弃了解剖学，转而成了一名宫廷医生，并最终死于一场船只失事中。

后人往往把维萨里的死部分归咎于盖仑，其实这真是冤枉了盖仑。虽然盖仑的理论在当年被奉为经典，但盖仑本人也承认自己的理论有很多错误之处，他一生也都在不断地修正自己的错误，并提醒他的追随者们要注意辨别。只可惜，无脑的"黑粉"见不得别人说他们"爱豆"的不好，最终让医学界损失了一颗明星。

不过，在维萨里的影响下，盖仑的理论不断受到冲击，学者们终于不再不假思索地接受前人的观点，而是开始重新审视起人体的器官，正确的理论开始出现。在17世纪，另一位对解剖学、医学做出了杰出贡献的科学家威廉·哈维出现了。

哈维的贡献在于发现了血液循环。按照盖仑的理论，动脉和

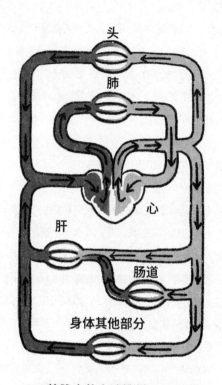

■ 该图显示了人体的血液循环系统

━ 静脉中的血液携带二氧化碳
━ 动脉中的血液携带氧气

静脉会分别运输生命元气和自然元气到身体里供身体器官使用,而哈维则一针见血地指出,动脉和静脉实际是一个血液循环的两部分,他非常敏锐地提出了一个关键问题,就是每次心跳到底能输送多少血液到身体里。

按照他的实验结果,心脏每分钟跳70次,每次可以将70毫升的血液压入身体中,这样下来,心脏每小时就能输送将近300

升血,远超过人体血液总量。他又用牛、羊等动物做实验,证明血液不能凭空产生。所以,他断定在生命体内一定有一个循环系统,让血液不断流动。

他的研究结果是创造性的,对后世的影响极为深远,如果那时候有诺贝尔奖,他绝对可以获奖。不过,因为他只观察到了动脉和静脉这样的大血管,并没有观察到毛细血管,所以他对血液循环的认识依旧存在一些误区,例如他认为在心脏中应该有个小孔,可以让血液通过。

为他的理论补上这缺失一环的,是下一个即将出场的人物——托着显微镜的列文虎克。

你好,小世界

一说到显微镜,可能大家本能地会想到列文虎克这个人,因为他用显微镜观察微生物的故事简直太深入人心了。但其实他并不是显微镜的发明者,而是改造者。

从尼尼微(现在位于伊拉克境内)、庞贝(因火山喷发被毁)等地的考古学成果看,在很久以前人们就已经掌握了透镜的研磨、使用技术。利用透镜的成像作用,放大镜、近视镜

■ 显微镜自发明以来,基本形态上并没有什么变化

等工具早已走入了寻常百姓家。而且,将多个透镜组合成望远镜、显微镜使用也不是没有人尝试过。据考证,第一架显微镜大约出现在1590—1609年,它的发明者据说是荷兰的眼镜制造商汉斯·詹森(Hans Janssen)、查哈里斯(Zacharias)和列普歇(Lippershey),不过也有人认为是伽利略。

反正不管怎么样,在列文虎克之前有很多人对显微镜进行过研究,只是这些人制造出来的显微镜往往有成像扭曲等缺点,而列文虎克通过努力,提升了显微镜的成像效果,让显微镜真正能成为科学家手中的利器。列文虎克从事显微镜研究超过50年,一生共制造显微镜500架,是名副其实的显微镜大神。

列文虎克还是个喜欢探索世界的人,通过自己制造的显微镜,他看到了无数微观世界里的生物。他发现即使是跳蚤这样的微小生物也有非常复杂的结构,此前的人则一直认为这种小东西都是凭空产生的简单生物。

1661年,意大利波隆那大学的马尔比基曾利用显微镜观察过毛细血管,并发现了红细胞的存在,但他误以为那是脂肪球,因而错过了名垂青史的机会。1674年,列文虎克重新发现了红细胞,1683年他发现了毛细血管的存在,证明毛细血管

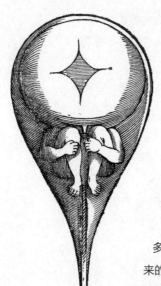

■ N.哈特索克于17世纪中期出版了一幅微型小人的草图,画的是一个精子里面有一个非常小的人(图片来自Wellcome Collection Gallery)

是连接动脉和静脉的桥梁，帮助哈维完善了血液循环理论。

在显微镜的助攻下，生命科学得到了质的飞跃。科学家们终于看见了组成生物的基石——细胞。

真正的突破

在科学研究全面进步的背景下，生命科学终于迎来了真正的突破。它就是来自达尔文的"进化论"。

达尔文看上去不像一个肩负历史使命的伟人。年轻时期的他在父亲的安排下，进入剑桥大学学习神学。1831年从剑桥大学毕业后，他有点不务正业，在神学上没有很深的造诣，反而通过数次外出考察成了一名出色的博物学家。达尔文已经隐隐约约地意识到自己不应该和神学捆绑在一起，命运也选择了他。当时，剑桥大学被要求推荐一个博物学家参加小猎犬号的环球航行，达尔文被选中了。1831年，达尔文跟随小猎犬号出航。那时的他和所有神创论者一样相信生命是由神灵创造的。

但是随着考察地区数量的逐渐增多，达尔文越来越怀疑自己的判断。他见到了很多从未见到的品种，如科隆群岛上有14种不同的燕雀。他一边观察这些神奇的小动物，一边提出了一个问题：为什么上帝要在这里创造出这么多截然不同的种类呢？

达尔文在科隆群岛上待了二十多天，他被这个奇妙的群岛深深吸引了：海龟在沙滩上产蛋；可爱的小海豹在水潭里嬉戏玩耍；雄海狮在平坦的岩石上展示自己，引来了好几只美丽的雌海狮；信天翁在礁石上踱步，时不时伸伸脖子，似乎在和不远处的海鸥打招呼；鱼儿在水里自由地游来游去。这个生机勃勃的世界让达尔文产生了一个让他自己都害怕的想法：生命不是神灵创

■达尔文（1809—1882），英国生物学家，进化论的奠基人。

造的。

　　他反复观察那些可爱的燕雀，发现虽然它们看上去和美洲大陆上的燕雀非常像，但也有很多细微的不同。达尔文突然产生了一个想法：难道这些燕雀都拥有同一个祖先，只是随着时间的流逝而出现了不同的变化？这个问题还没有想清楚，另一个疑问又让他迷惑不已：为什么会发生这些变化？是因为岛屿上的环境气候和大陆上的不一样？还是因为有些燕雀一出生就和父母不一样，后来将这种变化传给了后代？

　　达尔文还没有将这些问题梳理清楚，又一个新问题就出现了：如果说环境气候导致燕雀之间出现差异，但岛屿之间的环境气候都差不多，为什么也会出现这种现象呢？达尔文猜测，地理隔绝是进化发生的条件之一。

　　航行的时间越长，达尔文就越质疑《圣经》中说的一切。在南美洲时，这位博物学家得到了几具巨大的犰狳的化石。"它们是已经灭绝的物种！"如果你和达尔文一起旅行的话，一定会听到他的惊呼，"可是它们和存活的犰狳骨架几乎没有区别。"达尔文想起不久前当地人向他展示的犰狳骨架，脑中突然出现了一个念头：存活的犰狳并不是在大灾害之后由上帝创造的，而是从这些已经灭绝的犰狳演化而来。

　　达尔文看到了许许多多类似的物种，如南美洲大草原上各种各样可爱的鸵鸟。他发现某种鸵鸟正走在灭绝的道路上，取代它们的只是另一种普通鸵鸟：看上去和前者没有太大区别。达尔文开始质疑神创论：神灵为什么要毁灭一种物种，再创造出另一种差不多的物种呢？他再次肯定自己之前的推断：之所以在相似的地理环境下会出现不同的物种，是因为这些来自同一祖先的物种处在地理隔绝状态中。

1836年，绕地球一圈的小猎犬号回到了英国。随行出海的博物学家达尔文看似没有任何变化，除了肤色变得黝黑，只有达尔文知道自己有多激动。此后，他再也没有对别人说："我是虔诚的基督教徒。"值得一提的是，这五年的环球航行不仅改变了达尔文的观念，还让他积累了大量的第一手资料：动物的标本、观察笔记等。

回国后的第二年，达尔文开始研究进化论。通过自己收集的第一手资料和大量研究报告，他得出了结论：家养动物的变异来源于人工选择，如人类对狗的驯养。可是，自然界的变异又从何而来呢？

达尔文百思不解，焦虑地在书房里走来走去。几个月之后，他看到了一部名为《人口原理》的人口学著作，在读到"不停增长的人口数量会导致贫穷和对资源的争夺"时豁然开朗。动物也会繁衍，当然也存在对生活资源的争夺。如果某些变异能够增强动物的生存能力，那么时间一长，拥有这种遗传的种群就会在数量上取得优势，而那些生存能力稍弱的种群就会慢慢消失。这就是物竞天择，适者生存！

那么，变异的机制又是什么呢？达尔文想到了马拉克的理论，但又很快地摇头：铁匠的手臂比其他人更加粗壮，但这种变化能够传给子孙后代吗？按照已有的理论，长颈鹿之所以进化出长脖子，是因为它们一直在伸长自己的脖子。这个理论实在太可笑了！我从未发现主动锻炼就能使脖子变长。这样看来，只有一种可能：长颈鹿的祖先当中已经出现了长脖子的变异，而在植物缺乏的时候，脖子长的更容易吃到树顶的叶子，所以更容易繁衍下去。久而久之，短脖子的就灭绝了。

1859年，达尔文出版了《物种起源》，很快销售一空。人

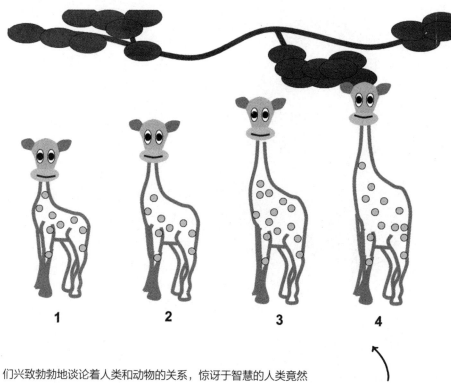

■ 脖子更长的长颈鹿能吃到更高处的树叶
（*Universalwin1222*绘）

们兴致勃勃地谈论着人类和动物的关系，惊讶于智慧的人类竟然和原始、简单的动物拥有共同的祖先。

一个新的学科——进化生物学诞生了，而达尔文也被人誉为"进化论之父"。

再进一步

孟德尔出生在一个贫困的家庭中，要是你回到孟德尔的少年时代，也许会听到邻居对他的议论："男主人失去了劳动力在家躺着，维持生计的田地也卖了，还要供孩子上学，真是不

■ 孟德尔（1822—1884），遗传学的奠基人，被誉为现代遗传学之父（图片来自 Wellcome Collection Gallery）

容易。"最后，因为家里实在负担不起，成绩优异的孟德尔只能休学。21岁那年，孟德尔进入修道院成了一名牧师：不是因为喜欢神学，而是为了生计。

在那里，孟德尔遇见了一位和蔼善良的院长。在院长的支持和鼓励下，孟德尔进入维也纳大学学习。他学习了系统的生物学知识，毕业后被免于担任牧师的职务，而得以教授自然科学。

修道院里的工作很清闲，孟德尔有大量时间研究自然科学。1856年，离达尔文发表《物种起源》还有三年，孟德尔在修道院的花园里种了几十个株系的豌豆，开始了自己的研究。

按照融合遗传学说，如果有两株纯种豌豆：一株高茎、一株矮茎，那么杂交后得到的豌豆应该不高也不矮。孟德尔发现事实并不是这样，他将纯种的高茎豌豆的雄蕊摘除——豌豆是自花传粉植物，在花朵绽放之前就完成了授粉，以避免受其他花粉的干扰，这也是孟德尔选择豌豆的原因——再授以矮茎豌豆的花粉，结果发现它们的后代依然是高茎豌豆。

矮茎豌豆的遗传特性似乎消失了？孟德尔觉得很奇怪，于是继续杂交。不久后，奇怪的现象出现了：第二代杂交豌豆有高茎的，也有矮茎的。这到底是怎么一回事？孟德尔站在花园中，对着他的豌豆苦苦思索，突然一个奇妙的想法出现在脑海里：矮茎豌豆的遗传特性并不是被融合掉了，而是没有表现出来！

孟德尔猜测，控制遗传特性的物质（孟德尔称之为"遗传因

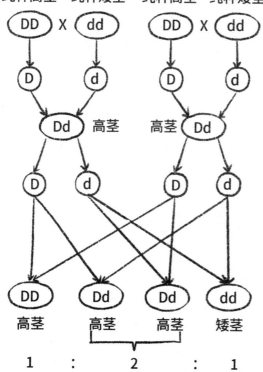

■ 高茎豌豆与矮茎豌豆杂交试验的分析图解

子")是成对出现的,这些物质可分为显性、隐性,隐性遗传因子会被显性遗传因子所掩盖。比如,在豌豆的实验中,"高茎"是显性的,"矮茎"是隐性的。虽然第一代杂交豌豆同时带有"高茎"和"低茎"两个遗传因子,但只表现了"高茎"这一特性。而在第二次杂交中,某些豌豆得到了"矮茎"和"矮茎"两个遗传因子,所以表现了"矮茎"的特性。

让我们把实验简化一下,想象你手里拿着一组标签:"高"

和"高",而你的朋友手中拿着"矮"和"矮",你们俩必须各拿出一张标签以组成新的组合。我想,无论你们怎么组合,都只有两种选择:高+矮、矮+高。因为"高"是显性基因,所以实验中的豌豆会表现出"高茎"的特征。

让我们进行第二次杂交,现在你和朋友手中的标签都是"高"和"矮",你们俩要各拿出一张标签以组成新的组合。你们会得到什么组合呢?我帮你们列了出来:高+高、高+矮、矮+高、矮+矮。你瞧,最后那个组合就会表现出"矮"的特性。如果你有洞察能力的话,一定能够发现显性特征和隐性特征的比值为:3:1。这个比值是不是很熟悉?没错,中学生物书中出现过这个比值。现在你看过这个实验,一定不会觉得定律枯燥了。

在接下来的8年中,孟德尔做了无数次豌豆杂交实验,测试了近三万株豌豆。为了保证实验的科学性,他不仅尝试了不同性状的豌豆,如豌豆种子表皮是光滑还是有皱纹;还测试了玉米、紫罗兰、紫茉莉等植物,得到的结果相差无几。

最后,孟德尔得出结论:生物的每种性状都是由遗传因子决定的,成对的遗传因子在生物体形成生殖细胞时分离,分离后的遗传因子可以和其他遗传因子自由组合在一起。

孟德尔打开了遗传学的大门,为进化论提供了理论基础,但遗憾的是,也许孟德尔的思想太过超前,所以当时没有人发现孟德尔学说的珍贵之处。这位在修道院中埋头种了8年豌豆的牧师发表论文后,得到的只有奚落:"难道你是在暗示我们数一数豌豆就能找到遗传的奥妙吗?""这篇论文只解释了你所观察到的东西。""融合遗传才是真理!""现在大家都在研究进化论,谁有精力关心这些豌豆?"

孟德尔的论文一直都没有得到科学界的重视,这位牧师在临死前呼喊道:"看吧,我的时代就要来临了!"他说的没错,1900年,孟德尔死后16年,荷兰的德弗里斯、德国的科伦斯和奥地利的切尔马克不约而同地从浩如烟海的论文中找到了那篇《植物杂交实验》,然后兴奋地向世界宣称:最关键的是遗传因子!从此,遗传学进入了孟德尔时代。

生命的终极奥秘,终于要被揭示了!

积木和梯子

细胞里有一个能决定生物样貌的东西,其实早在人们知道细胞存在之前就已经意识到了。虽然在人体解剖学上,碍于封建礼法,中国一直裹足不前,但对遗传、变异的认识,中国可是走在了世界前列。毕竟"龙生龙,凤生凤,老鼠的孩子会打洞"可是

■典型的动物细胞图。细胞器的标签如下:
1. 核仁
2. 细胞核
3. 核糖体(网状粗糙壁上的点)
4. 囊泡
5. 粗面内质网
6. 高尔基体
7. 细胞骨架
8. 光面内质网
9. 线粒体
10. 液泡
11. 细胞液
12. 溶酶体
13. 中心粒
14. 细胞膜阿
(图片来自Kelvinsong)

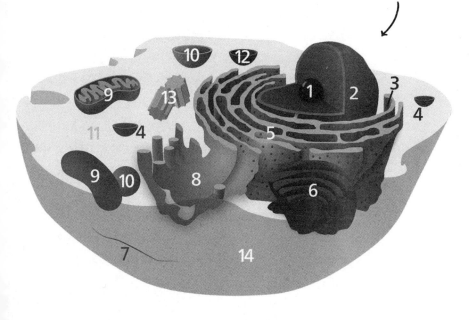

流传了千年的名言。

为什么我们会如此留意遗传和变异呢?这是因为我们国家幅员辽阔、人口众多,需要大量的食物供应,而遗传和变异就是育种的重要条件之一。比如我们很早就注意到了良莠不齐的现象,那时候的人就已经意识到,即使是同一种作物也有质量上的分别。他们还会有意识地将优质品种进行杂交,培育更优质的作物。并且,不像欧洲皇室频繁近亲联姻,我们很早就有了同姓不通婚的制度。虽然我们的祖先不懂遗传病、近亲繁殖这些概念,但他们利用自己观察到的现象早早就为我们建立了正确的婚姻观。

只是,因为生命科学技术在欧洲发展得较为深入,所以在生命科学的发展史上,欧洲的理论仍旧占据了主导地位。

早在公元前三四百年,古希腊医生希波克拉底就提出人的身体里有一种小小的东西可以控制生殖过程,但他并没有意识到遗传物质的存在。达尔文也曾经试图对进化过程提出一个根源性的解释,但因基础理论知识不足而以失败告终。终于,1865年,孟德尔根据他大名鼎鼎的豌豆实验提出了遗传因子的概念,他认为遗传因子是小颗粒状的物质,可以自由组合,从而表现出不同的性状。1909年,丹麦植物学家约翰逊又用"基因"一词取代了"遗传因子"。1928年,美国进化生物学家托马斯·亨特·摩尔根出版了《基因论》一书,全面阐述了他的基因观,比如基因的作用、突变等。基因正式成为家喻户晓的热点。

不过,那时候的人依旧不知道基因究竟是什么样子。科学家已经知道DNA由四种脱氧核糖核苷酸分子连接而成,就像九连环一样,一环套着一环。可是,这些分子是像珍珠项链一样串在一起,还是麻花形状?谁也不知道。

我们先来看看四种脱氧核糖核苷酸分别是什么。因为分子上有一种叫碱基的物质,所以科学家干脆用碱基的名称来指代脱氧核糖核苷酸:腺嘌呤(Adenine,A),胸腺嘧啶(Thymine,T),鸟嘌呤(Guanine,G),胞嘧啶(Cytosine,C)。是不是有点难记?那就只记它们的英文代号:A、T、G、C。

在人们承认DNA的地位之前,美国生物化学家查尔加夫就已经发现了这四种分子的规律:A的数目总是和T一样,G的数目总是和C一样,即A=T,G=C;A+G=T+C。此外,他还发现A只和T配对,G只和C配对。

可是,A、T、G、C四种分子如何连接在一起,又是如何遗传的呢?科学家对此迷惑不解。很快,事情有了进展。英国科学家威尔金斯等人通过X射线衍射技术推测DNA应该是一种螺旋结构。1951年年底,早逝的英国女科学家富兰克林拍到了一张DNA晶体的射线衍射照片。美国学者詹姆斯·沃森和英国学者弗朗西斯·克里克根据富兰克林的研究结果提出了DNA双螺旋结构模型。

1953年4月,沃森和克里克在英国杂志《自然》上公开了他们搭建的DNA双螺旋模型。著名的DNA双螺旋终于出现在人们面前。此后,这个记载了遗传信息的结构无数

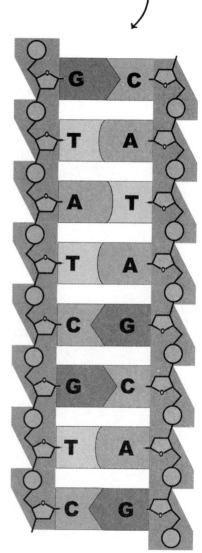

■ 碱基的排列规律

次出现在我们的生活中：教科书上、博物馆中……它由两条右旋但方向完全相反的长链组成，看上去像一根大麻花。长链的配对原则也非常简单：A和T配对，G和C配对。也就是说，如果一条长链上的碱基序列是TGACCG，那么另一条长链上的碱基序列一定是：ACTGGC。可见，DNA其中一条长链的碱基顺序一旦确定，另一条长链的碱基也就确定下来。

科学家曾认为碱基需要按照一定规律排列，如"A后面一定要接C，C后面一定要接T"，在DNA双螺旋被发现后，这种学说就成了明日黄花。如今，科学家大声地宣布：一条DNA链上的碱基排列不受任何限制！

这时人们才真正地认识到基因，或者说DNA的样子。

附带说一句，沃森和克里克凭借对DNA的研究获得了1962年的诺贝尔奖，但为这项研究做出奠基性工作的富兰克林则无缘诺贝尔奖，这也成了诺贝尔奖评奖过程不公正的铁证之一。

但基因并不等于DNA，基因只是DNA分子上携带有遗传信息的功能片段，也就是说基因是DNA的一部分。在DNA上，还有大段大段的DNA片段没有遗传物质，也就是通常所说的"非

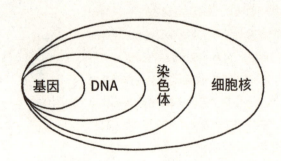

■ 基因、DNA、染色体、细胞核的关系简图

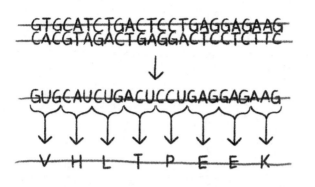

■ 转录和翻译简图

编码区"。DNA存在于染色体上,染色体上除了DNA,还有蛋白质分子。而染色体,存在于细胞核中。

基因储存着生命的血型、孕育、生长、特性、凋亡,当然也包括疾病等过程的全部信息。控制的方式,就是合成蛋白质。蛋白质可是细胞的重要组成成分,生命每个重要的环节都要有蛋白质的参与,它是生命的物质基础。可以说,没有蛋白质,也就没有生命。蛋白质是由20多种氨基酸按照一定的比例和顺序组合而成的。不同的蛋白质,氨基酸的数量、种类及排列顺序都不相同。

生命大冒险,终于要开始了!

向完美世界进军

生命大改造,开始!

既然基因能决定生物的长相,那我们能不能像组装积木一样修改、操纵基因? 当然可以。

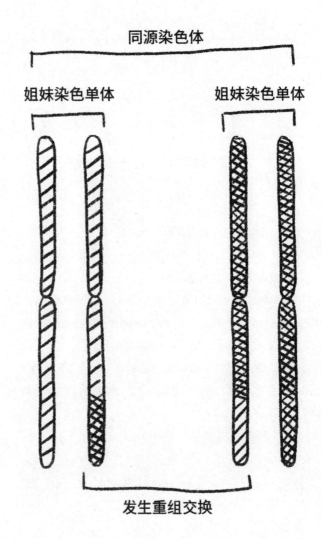

■ 重新组合给生物带来差异。如图,重组的人类1号染色体,该过程使同源染色体之间的遗传物质重新组合

最早"玩积木"的人就是孟德尔,而且实验对象也是植物,毕竟动物的繁殖有点麻烦,拿人做实验更是冒天下之大不韪。不过,他其实不能算是操纵基因,只能说是研究了下基因的组合方式对生物性状的影响,但他的发现让人们开始重视起基因的作用,并且从基因的角度探讨生物改良的方法。

利用组合不同基因的方式来培育新作物、牲畜古已有之,我们现在能吃到的各种优质作物也几乎是通过这种方式得来的,比如柑橘家族的发迹史。研究显示,在800万年前,柑橘的祖先还是住在喜马拉雅地区的一种籍籍无名的植物。后来,这种植物兵分三路向世界扩展,向东的一路演化出了两种你可能不太熟悉的植物——小花橙和金柑;向西的一路演化成了香橼,一种疙疙瘩瘩很像丑橘但不太好吃的植物;向南的一路则演化成了柚子。在距今200万年前,柑橘家族又出现了一种植物——宽皮橘。

别的生物经过了这么久的演化之后,在基因水平上可能早就出现了极大的分化,变成了"儿童相见不相识,笑问客从何处来"的尴尬。但在柑橘家族,尴尬?不存在的!就算它们长得再不一样也不妨碍它们通婚,哦不,是不妨碍它们杂交。比如大名鼎鼎的柠檬,它的父母就是香橼和一种叫作酸橙的植物。这个酸橙又是谁呢?它是宽皮橘和柚子杂交的结果。诸如此类的杂交还有很多很多,造成了今天五花八门的柑橘水果,比如葡萄柚等。

但是,通过杂交的方式改良作物实在是太慢了。有没有什么办法能让小积木搭建得快点呢?有,我们可以人工诱导基因突变。比如放在紫外线下照射;或者放在宇宙飞船上,在宇宙空间接受高能粒子的"洗礼";也可以用一些化学试剂诱导突变。这些东西都可以打断生物的DNA,当生物修复这些DNA的时候就可能引起基因突变。

不过，因为突变是随机的，所以我们也不好说生物会变成什么样，能不能获得我们需要的样子、功能。那么，还有没有更方便的方法？当然有。那就是毁誉参半的转基因技术和基因编辑技术。

拿来主义的是与非

转基因，就是直接把别的生物的基因转到我们需要的生物细胞里去。比如，你觉得大豆不耐虫吃，好，那就把别的不怕虫子的植物的基因导到大豆里去。

不过，基因被包裹在细胞里，它自己很难跑到别的细胞里去，这时候，就需要外界帮助了。在生物改造中，常用的好助手有一些病毒、细菌什么的，它们就像一个盒子一样，能带着基因进入别的细胞。

啥？用病毒？你别害怕，其实自然界有非常多的病毒，但大部分对人其实没有危害。当这些病毒遇到别的生物细胞后，就会钻进细胞里，有些还能把自己的DNA组装进别的生物的DNA中。如果我们把需要的基因提前插入病毒的DNA中，那么当病毒感染细胞的时候，这些基因也就能趁机被导入细胞了。但是，病毒这个装基因的盒子有点小，如果我们要导入一个大一点的基因，病毒就无能为力了。

在农作物改造中，常用的好助手还有农杆菌。农杆菌是一种很常见的植物病原细菌。在农杆菌的细胞内，基因主要储存在两个地方，大部分位于它身体里一个叫作"拟核"的位置，这个拟核就相当于真核生物的细胞核，只是没有膜包裹着，看着就像一团散乱的毛线。还有一少部分在一个叫"质粒"的地方，这个质

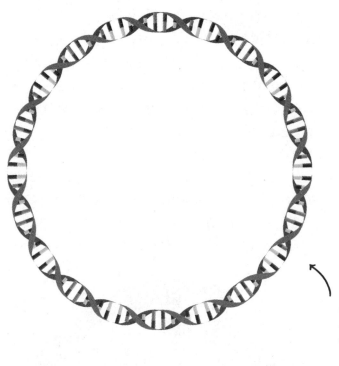

■ 环状的质粒（图片来自DataBase Center for Life Science）

粒就像是女生绑头发用的发圈，是一个由DNA链首尾相连组成的环状DNA圈，一些能抵抗抗生素的基因就位于这个质粒上。质粒能装的基因比病毒要大一点，因此，我们可以先把想要的基因安装到质粒上，然后再利用农杆菌能主动侵染植物的能力，把质粒导入植物体内。不过，农杆菌转化率不稳定。

　　病毒太小，农杆菌不稳定，有没有什么更简便的方法？近年来，也有能直接把装有基因的质粒打进细胞的方法。最常见的是化学物质诱导法，利用能影响细胞膜通透性的物质，比如聚乙二醇（它也被用在神经细胞的连接上，在《重生》里你还能遇见它），它可以让细胞膜容易接纳质粒进入。也有简单粗暴的，直接用高压电脉冲在细胞膜上射出来一个小孔。这个小孔非常小，而且持续时间很短，但也足够我们把质粒导进去了。另外，还有比较有欺骗性的脂质体法。我们都知道细胞膜是一层脂质体，当两个脂质体相遇时，如果条件合适，它们就会融合在一起。所以，可以先用一个脂质体把质粒包起来，然后让它跟细胞膜融合，把质粒送进去。最后就是这几年才发展起来的，最直接的显微注射法、基因枪法。显微注射法就像打针一样，用一个非常细的针管把质粒打进去。而基因枪法则是先用钨粉或金粉包裹质粒，然后像子弹一样把质粒打进去。除了质粒，基因枪还能射出一些大一点的东西，比如叶绿体、线粒体。不过，这个方法比较暴力，控制不好就容易损坏子弹里的质粒，也可能把植物里的基

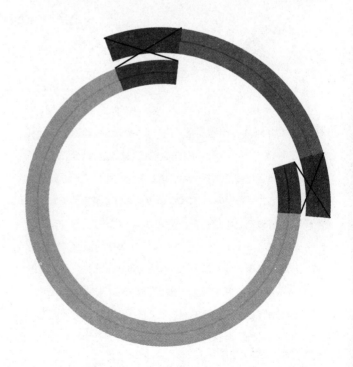

■ 两个线性DNA片段重组为环状结构（图片来自Mjeltsch）

因打坏。

除此之外，还有离子束介导法、超声波介导法、激光微束穿孔法，萌发种子的电泳法、花粉管和种子浸泡法，等等。总之，只要你想做，办法总比问题多。

不过，很多人面对转基因都有安全上的顾虑，那么有没有更安全一点的方法呢？有，那就是基因编辑。

偷师学艺

基因编辑的技术，其实还是跟细菌学来的。

在自然界，虽然细菌小到我们用肉眼根本看不见，但它们也有很多天敌，比如噬菌体———一种能专门杀死细菌的病毒。它们怎么对抗这些天敌呢？它们用一种叫作CRISPR/Cas的系统。CRISPR是"成簇的规律间隔的短回文重复序列"的缩写。是不是每个字都认识，连起来就不知道这是说的啥了？没关系，你只要知道它就像细菌的"敌人花名册"一样就行。当有外敌入侵，比如噬菌体，细菌就会利用CRISPR/Cas系统在自己的DNA中记录下噬菌体的DNA序列，相当于给这种噬菌体备案。

当噬菌体再次来袭，细菌就能凭借已经记录的DNA序列信息迅速合成一段RNA。这段RNA可以指导细胞内一种叫作核糖核酸内切酶的蛋白质把攻入细胞的噬菌体DNA剪碎，达到防御的目的。

这个发现让科学家眼前一亮，这不就是一把能剪断基因的剪刀吗？在我们的生活中，有很多疾病都是由于基因的错误引起的，这些错误的基因可能会产生很多错误的蛋白质，引起细胞功能异常。如果我们可以利用CRISPR/Cas这把剪刀剪去那些错

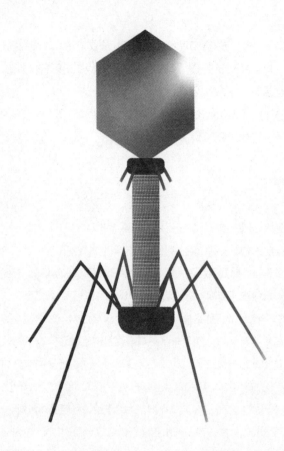

■ 噬菌体基因组含有许多个基因,但所有已知的噬菌体都是细菌细胞中利用细菌的核糖体、蛋白质合成所需的各种因子、各种氨基酸和能量产生系统来实现其自身的生长和增殖(图片来自Innoclazz)

误的基因,不就能治好病了吗?或者,当我们面对一个陌生的基因,想看看它是干什么用的,也可以用这把剪刀剪去基因,看生物会怎么变化就行。

与转基因相比,基因编辑技术不会引入新的基因,它只是对原有基因进行修改,无论安全性还是普通人的接受度都比较高。因此,基因编辑技术虽然诞生得比较晚,但对它的研究在世界各地如雨后春笋般出现,并且取得了不错的成果。

再见,疾病

转基因、基因编辑技术除了被用于农作物、畜牧业的改良,还被用在了人类疾病治疗上。

疾病,按照发病原因可以分为环境致病和基因致病。环境致病很好理解,比如感冒、外伤引起的感染等,而基因致病则是细胞在发育过程中,因为基因出现了错误导致的疾病,比如色盲,就是X染色体疾病。

早在基因的功能被揭示后不久,就有人提出可以用修改问题基因的方法来治疗疾病,但由于当时的技术手段达不到,所以这个想法一直没有实现。第一例基因疗法是1980年,在加州大学洛杉矶分校(University of California, Los Angeles)的Martin Cline教授主导下进行的,针对的是β-地中海贫血症。β-地中海贫血是一种由于基因突变导致的严重血红蛋白疾病,每年都会导致大量儿童死亡。Cline将β-地中海贫血基因转入两名意大利和以色列患者的骨髓细胞中,开创了基因疗法的先河。不过因为这个治疗并没有得到审查委员会的批准,属于非法行医,再加上手术以失败告终,所以当时只是引起了一些讨论,并没有被推广开来。

Cline的治疗会失败是因为他将这个疾病想得过于简单了,以为这是单基因致病,即由于一个基因发生错误导致的疾病。所以他只导入了一个正常基因。为了测试基因疗法的效果,后来的科研工作者决定先从机理清楚、致病基因较少的疾病入手。这次,他们选择了重症联合免疫缺陷(ADA-SCID)。这种疾病是由腺苷脱氨酶缺乏导致的免疫细胞功能缺陷疾病，患者因免疫功能不全，所以需要一直服药。

1990年，在经过一系列准备工作后，美国国立卫生研究院（National Institutes of Health）的William Anderson教授终于获得了批准，进行了首次成功的基因治疗临床试验。患者是时年4岁的Ashanti DeSilva，因重症联合免疫缺陷症，她的免疫系统几乎全线罢工，平时只能不断注射人工合成的腺苷脱氨酶（PEG-ADA）。1990年9月，Anderson和同事从Ashanti体内抽取了淋巴细胞，然后将正常的基因插入细胞中，再输送回Ashanti体内。很快，Ashanti的免疫系统就开始正常工作起来。虽然她仍需补充PEG-ADA，但她的生活已经得到了明显的好转。她可以去游乐园，可以去爬山，可以像同龄的小朋友们一样享受童年了。

在这之后，基因疗法的春天正式来了。世界范围内形成了基因疗法的风潮，无数实验室投入其中，临床试验陆续开展，糖尿病、镰刀细胞贫血等以前无法根治的疾病开始进入临床测试，一切似乎正在好起来。但很快，意想不到的事情发生了。

1999年9月17日，一名叫作Jesse Gelsinger的鸟氨酸氨甲酰基转移酶缺陷症（OTC syndrome）患者在接受了基因疗法后死亡。1999年，五名X染色体连锁重度联合免疫缺陷病（SCID-X1）儿童在接受基因疗法后被确诊白血病，其中一人死亡。这两件事一出，各国的审查机构都迅速提高了审查标准，减少了批准量。

基因疗法为何变成了致命疗法？进一步研究发现，原因在于治疗用的病毒。前面说过，基因自己不能跑进去，需要一个小盒子做载体。在之前的实验中，载体一般都是病毒。虽然这里的病毒都是致病性较低的，但也会引起患者的免疫反应。据推测，Jesse Gelsinger就是因为身体不能适应这种病毒而死亡。同时，病毒虽然可以将基因插入患者细胞的基因组中，但插入的位置难以控制。在第二起事件中，病毒插入基因的位置恰好激活了细胞的致癌基因，诱导了白血病的产生。

为了确保安全，后来人们开始了漫长的病毒筛选工作。在最新的治疗中，科研人员选择了腺相关病毒。腺相关病毒的基因组比较大，可以携带比较大的基因，而且它对人安全，至今还没有发现它会引起其他的病症。

除此之外，最新的CRISPR/Cas基因疗法也在近期获得了批准。最近，据英国《自然》杂志网站报道，一名遗传失明症患者将成为全世界接受CRISPR/Cas基因疗法直接试验的第一人。这个实验由美国俄勒冈健康与科学大学遗传性视网膜疾病专家马克·彭勒斯与美国Editas Medicine公司共同参与，代号"光明"，至于结果如何还需要进一步等待。

推倒多米诺

利用转基因和基因编辑技术，我们似乎真的可以让世界如我们所愿，吃得好，身体好。但，这些技术，也可能是推倒世界生态多米诺骨牌的第一张牌。

生态系统是什么？它是生物在几亿年的时间内形成的一个相互联系、相互制约的整体。而转基因、基因编辑技术很可能会破坏这种协调。

首先，被改造的生物可能直接危害其他生物的生存。我们对生物进行改造的目的是让它们能更好地应对逆境。但万一这些生物脱离了我们的控制,进入更广阔的天地,那它同样也很容易称王称霸。例如有研究发现,水稻等植物本身就具有一定的杂草特性,如果生存技能再加强,那无疑就是无敌杂草,可能会抢占别的植物的地盘。比如《田园》作者笔下的新植物"木禾",它就有可能凭借自己的生命力,占领大片土地,挡住其他生物赖以为生的阳光。

其次,污染其他生物的基因。自然界中的生物不但不是拒绝与其他生物交流的宅人,而且恰恰相反,在传宗接代本能的促使下,它们会尽可能地参与繁殖以扩大自己的种群。一些基因就可以趁机扩散到整个种群,污染整个群体的基因组成。美国的一项研究发现,转基因苜蓿的一些基因已经伴随着苜蓿的扩散而在一个地域开始了扩散。除了农作物,近年来说不定你已经吃过一种AquAdvantage牌的转基因三文鱼。这种三文鱼学名叫大西洋三文鱼(Salmo Salar),俗称"挪威三文鱼"。它是一种味道鲜美的水产,但生长周期长,一般需要三年才能达到可以捕捞的水平。可食客们等不了这么久,于是这种三文鱼经常要面临过度捕捞的危险。一边是人们的热情,另一边是过度捕捞造成的稀缺,改造三文鱼便成为大势所趋。水恩公司(AquaBounty)就尝试将另外一种三文鱼——大鳞大麻哈鱼(Oncorhynchus Tshawytscha)的基因转入大西洋三文鱼体内。这种转基因三文鱼生长周期大大缩短,只需要18个月就长到足够大,这在一定程度上解决了供不应求的现象。但很多人都担心这种转基因三文鱼会不会通过交配行为将大鳞大麻哈鱼的基因传给其他的后代,使得整个大西洋三文鱼家族的基因不再纯洁。为此,美国食物药品管理局(FDA)用了五年时间确认其食用安全性,三年时间确认其环境安全性,才在2015年11月19日批准了水恩公司

生命科技·生命是地球最赞的发明 *075*

■ 不同流感病毒株如何重组形成具有两者特征的全新病毒株的概述

的转基因三文鱼上市。同时,水恩公司还保证他们的三文鱼只在人工建造的水池内饲养,并且只会出售绝育的、全雌性的三文鱼以确保它们不会与自然界中的野生三文鱼杂交。

第三,殃及无辜。自然界中所有的生物都在一张巨大而复杂的食物网中。我们改造植物的目的之一就是防止害虫的侵袭,有些甚至是专门针对某种害虫定制的,但也会有一些无辜的动物跟着被牵连,比如蝴蝶、蜜蜂等对植物依赖性强的动物。例如棉花是我们生活中非常常见的材料,衣服、被子都有它的身影,但是棉花的种植相当不易。在棉花的生长过程中,它是无数害虫觊觎的目标。每年,棉花种植者都要使用大量的化学农药来杀灭这些害虫。这时一种叫作Bt毒蛋白的东西进入了科研工作者的视线内。Bt毒蛋白里的"Bt"是一种拉丁名为Bacillus thuringiensis的细菌的缩写,俗称苏云金芽孢杆菌,或者苏云芽孢杆菌。在这种细菌里有一种蛋白质晶体,它对很多害虫,特别是鳞翅目,比如一些蛾子有很好的灭杀效果。为了让棉花也能产生这种蛋白,科研工作者们先将合成这种蛋白的基因转入一个小小的质粒上,然后再转入棉花细胞体内。经过不断的摸索,科学家们真的成功培育出了能自产Bt毒蛋白的棉花,即我们现在俗称的抗虫棉。这种抗虫棉能应对多种害虫的啃食,比如棉铃虫,为生产者节约下大量的成本。但有研究发现,转基因棉虽然针对的是棉铃虫这样的害虫,可与棉花生活在一起的蝴蝶也可能因为幼虫误食棉花叶子而死亡。此外,在自然界任何一种生物之所以不能一家独大、称霸地球,是因为天敌的存在。当这种生物变强时,它的天敌也会变强,从而继续维持整个生态系统的稳定。可转基因、基因编辑技术能让一种生物在短时间内提升防御力、战斗力,它的天敌为了吃掉它也会一同快速进化,如此一来,这些天敌对其他

■ 转基因棉花植物（左）能够抵御可以破坏传统植物的昆虫攻击（右图）（图片来自CSIRO）

生物的威胁就更强了。

最后，影响周围生态系统。改造生物的持续养殖，势必改变一个地区的生态平衡，比如像Bt毒蛋白这种有毒物质，当我们收获完棉桃后，残留的植物会携带Bt毒蛋白进入土壤，并在土中留存几个月到一年时间。这段时间，生活在这里的动物都会受影响。特别是微生物、线虫等这些我们看不见的生物，它们虽然小，但数量多，而且能参与诸多生物过程，比如固氮、分解，是生态系统健康的重要保证。如果它们被波及，那么整个生态系统的基石就可能被破坏，导致生态系统崩溃。

此外，这些技术也很容易造成社会两极分化的加剧。2018年11月26日，南方科技大学副教授贺建奎宣布一对名为露露和娜娜的基因编辑婴儿于11月在中国健康诞生。在这次实验中，他修改了新生儿的一个基因，使得她们天然具有抵抗艾滋病的能力。这个实验在前期并没有经过任何审查，它的开展几乎是对人类伦理道德的巨大挑战。而且，一部分人也担忧它可能会沦为富人的专项工具。因为基因治疗有一个最著名的特点就是贵，动辄都是几十万美元起。这不是医院在漫天要价，而是它涉及大量先进、昂贵的技术，即使在科技高度发达的今天，普通人也根本无法承受。而富人则可以轻松利用这个技术修改自己的身体或者定制婴儿，让自己及下一代拥有更出色的身体素质。这种日益严峻的两极分化显然不是我们希望看到的。

此外，这些技术也有可能会被用在荒唐的地方。在《和平年代》中，作者杜撰了一个基因决定工作的场景，而现在也有基因决定命运这样的说法。那么，说不定在未来就会有人为了改变命运而去修改基因。

最伟大的神秘

1.4kg的故事

在小说《田园》里，男女主人公一个选择了培育稻谷，一个选择了研究脑科学。其实在生物的发展中，科研人员也确实分成了这样两派。

我们的大脑不算大，只有1.4kg重。但直到现在，它都是最神秘的器官，没有之一。不过在古代，它的重要程度可能是最低的。虽然很久以前古人就发现人的身体里有各种器官，但唯独脑子,他们不觉得有什么用。古埃及人在做木乃伊的时候还会专门把脑子掏走,以防尊贵的身体腐烂。那时候人们认为,人的七情六欲、喜怒哀乐、爱恨情仇都住在身体的各种器官里,而灵魂则周游全身(这个画面其实更像《聊斋》故事)。而大脑则……

人们会有这样的认识其实也可以理解,因为大脑被包裹在坚固的颅骨内,用一般的方法根本打不开。即使打开了,人们看到的也不过是软塌塌的一团东西,实在难以把它跟什么情感、灵魂这样"高大上"的东西联系在一起。

直到17世纪之后,随着解剖技术的精进,人们才开始真正用科学的眼光对待大脑。特别是对神经的认识加深后,大脑的受重视程度才开始上升。不过,上升高度也不过是到了能与脊髓平起平坐的地步。

后来,英国医师托马斯·威利斯(Thomas Willis)通过自己的发现及总结前人的研究,出版了一本专门描写大脑的书——《脑的解剖学,兼述神经及其功能》,首次对神经系统做了完整、准确的描述,并且对大脑功能分区进行了描述。虽然他的描述仍有很多不准确的地方,但在当时已经算是非常了不起的成就了。

进入18世纪,人们对脑区、大脑皮层的认识开始加深。法国医生弗朗索瓦·吉格特·得拉贝罗尼(Francois Gigot delaPeyronie)在一次治疗中发现了一个有意思的事件。有一个头部受伤的患者,伤口深达大脑。当医生把患者的伤口泡在水里时,患者就会失去意识。而吸干水,患者就恢复了意识。科研工作者们这才意识到,原来意识是与大脑密不可分的,而灵魂这个概念早已被神学家们拿走了。

随着解剖学的发展,人们进一步意识到原来大脑是有分区的，不同的分区控制不同的功能，并且它们之间还有某些相互联系。法国解剖学家弗朗茨·约翰夫·高尔（Franz Joseph Gall）在1810年发表研究结论，总结出了一幅颅面图谱，根据图谱就能对人体的各种功能进行定位。虽然他的研究结果相当失真，但是他首次从结构和功能上明确了大脑灰质和白质、神经核团的区别，并指出大脑皮质才是神经活动最重要的地方，也算是大功一件。哦对了，基于他的理论，还曾经诞生过一个"伪科学"——颅相学。持这种理论的人认为，大脑的形状，比如沟回的位置、大小等都直接决定了人的性格，所以可以通过研究大脑来推断人的性格、命运，就跟现在相面似的。

而脑区的准确划分，还是在此后很长一段时间里，无数病例积累下完成的。某些病人特定的脑区受损后，一些活动会受到影响，科学家们根据这些现象，再辅以其他实验，才逐渐确定了脑区。

但是，关于大脑究竟是由什么组成的，那时候科学家们还回答不了。直到1872年，帕维亚大学医学研究生卡米洛·高尔基（Camillo Golgi，发现细胞器高尔基体的也是他）在自己的实验室内对大脑进行研究。一次偶然的机会，他将一块脑组织放在了盛有硝酸银溶液的盘子里，并且泡了几个星期。几个星期后，当他再想起这块组织，发现这块组织上居然出现了一种复杂的网状图案，图案中间还有一些黑点。当时，他认为这是"银锈"。后来人们通过进一步实验确认，当把大脑放入硝酸银溶液三个小时后，神经元就会显现。随着显微技术的发展，人们终于发现了组成大脑的最小元件——神经元。而在功能上，英国生理学家查尔斯·斯科特·谢灵顿（Charles Scott Sherrington）和俄国生理学家伊万·彼德罗维奇·巴甫洛夫（Ivan Petrovich

生命科技·生命是地球最赞的发明　081

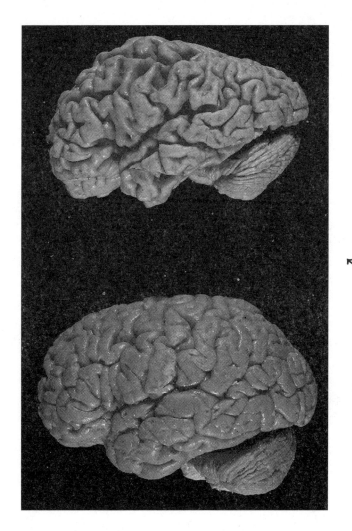

■ 阿尔茨海默氏病是一种普遍而且危害极大的缓慢发展的疾病，会造成记忆力、判断决策力、方位感、注意力和语言能力的损伤。图为健康的大脑（下）与患有阿尔茨海默氏病的供体的大脑（上）。值得注意的是在阿尔茨海默氏病中发生的"萎缩"——大脑缩小了（图片来自 Hersenbank）

Pavlov）发现了条件反射的存在。脑科学的基础理论研究才终于算是大功告成了。

在这些人的奠基下,脑科学在之后的几十年进入了高速发展期,脑区、神经、突触、神经递质的接连发现,让大脑的工作原理进一步得到揭示。记忆、意识等生命过程开始得到科学的解释。终于在20世纪60年代末,脑科学正式成为一门科学。按照现在的定义,脑科学泛指与神经系统的结构及功能有关的所有知识和研究,它的研究内容不仅仅局限于解剖学,还融合了神经生理学、生物化学、神经解剖学、组织胚胎学、药理学、精神病学,甚至信息科学、计算机科学等学科,其目的是揭示人脑的奥秘,防治神经和精神疾患,发展模拟人脑部分功能的神经计算机。

20世纪90年代以来,认知神经科学以异乎寻常的速度在全球发展起来。1990年,美国提出"脑的十年";次年,欧洲提出"欧洲脑的十年";1996年,日本提出"脑科学年代",并且提出了"认识脑""保护脑""创造脑"三个目标,从阐明大脑工作机制、保护大脑健康、建立创新信息处理系统三个方面开始;1998年,国际神经信息学工作组开展了人类脑计划,与人类基因组计划并肩;2013年,美国时任总统奥巴马宣布开启"人类大脑计划"(The White House Brain Initiative);而我们国家,"脑与认知科学"也已被列为国家中长期科学技术发展规划的八个前沿领域之一。

科幻不再科幻

脑科学的杰出成果,无疑就是脑机接口了。

脑机接口,又叫神经控制接口,是在人或动物大脑(或者脑细胞的培养物)与外界设备之间建立直接连接通路,通过对脑电波信号进行解码，将其翻译成机器能够读懂的指令，从而实现人脑与机器之间的交互。在《吮吸》这篇小说里，主人公被接入了电导线制成的人造神经从而可以感觉外界的刺激，这就是脑机接口的一种应用。

脑机接口虽然听上去前卫又科幻，但其实它的研究历史可能比你爷爷的岁数都要大。1929年，德国精神学家汉斯·伯格（Hans Berger）通过在人的头皮上安放电极首次发现了脑电波。从那时候起，脑电波就成了人们竞相研究的内容，人们都想从脑电波中发现点什么，当时一大批科幻小说都在讲通过脑电波完成意念交流的故事。

1970年，加州大学洛杉矶分校科研人员在美国国防部高级计划研究局的支持下开展了针对脑机之间的通信以及大脑相关活动检测的科学研究。同样在70年代，加州大学洛杉矶分校计算机科学系的创始成员雅克·维达尔（Jacques Vidal）首次提出脑机接口的概念并搭建出全世界第一个脑机接口系统。

按照信息传递方式，脑机接口可以分为单向脑机接口和双向脑机接口。单向脑机接口就是指信息只能由大脑发送给设备，或者由设备发送给大脑，不能双向沟通。要想双向沟通，就需要再加一个设备，非常不方便。后来有了双向脑机接口，允许信息双向交流。

如果按照设备的接入位置，又可以分为侵入式脑机接口和非侵入式脑机接口。侵入式脑机接口还分为完全侵入式和部分侵入式。完全侵入式脑机接口一般是将电极直接植入大脑的灰质部分，在这里，神经元放电检测比较容易，而且灵敏度高，因此常用来建设特定感觉，比如视觉，以及帮助瘫痪病人完成运动。1978年，美国科学家威廉·多贝尔（William Dobelle）就通过在视觉皮层内植入68个电极阵列，让一个盲人重新获得了视觉。只是因为技术限制，患者只能看到低分辨率、低刷新率的点阵图像。后来，为了解决完全侵入式脑机接口引起的感染、脑部损伤等缺点，部分侵入式脑机接口诞生，它的电极虽然也安装在颅腔内部，但不进入灰质。虽然准确度下降了，但安全系数上升了，也算是一种进步。

可是，那时候一部分人担心，直接进入大脑的设备会不会读取意识甚至让坏人可以远程控制大脑（都是小说读多了），因此并不愿意尝试侵入式脑机接口。于是，随着科技的发展，非侵入式脑机接口出现了。它可以利用脑电波、核磁共振成像、脑磁成像、功能性近红外光谱等技术读取大脑的活动。这其中，又以利用脑电波最为流行。因为相比于其他的方式，脑电波式脑机接口有非常多的优点，比如体积小、很便宜、分辨率高、响应快、无创伤、对大脑影响小，等等。

2006年，美国布朗大学脑电设计团队开发出了一种名为"大脑之门"的脑机交互系统。一名四肢瘫痪的患者利用这一系统成功控制了电脑上的光标移动。2009年美国威斯康星大学生物医学学家亚当·威尔逊（Adam Wilson）利用自己研发的脑机交互系统，以每分钟十个字母的速度成功实现了打字输入。同年，日本科学家Matsunaga利用脑机接口实现了对电动轮椅的控制。2014年，大概是脑机接口大放异彩的一年。在那一年的世界杯开幕式上，全身瘫痪的巴西青年利亚诺·平托（Juliano Pinto）利用脑机接口在全世界人民的注视下完成了一次开球。

除了民用，在军用上当然也少不了脑机接口。美国国防部已经在军事应用领域开展了多项融合人脑响应信息的混合智能技术研究，并将这种技术称为"Brain As A Sensor"。不过他们的

基因发现简史

1854—1865年，孟德尔通过一系列豌豆实验，发现了遗传规律

1882年，德国生物学家弗来明发现了染色体及细胞的有丝分裂过程

1883年，比利时的生物学家范·贝尔登发现了性细胞减数分裂的现象

1909年，摩尔根通过果蝇实验，提出了著名的"摩尔根定律"

1930—1952年，美国的噬菌体研究小组经过一系列的实验确定：DNA是遗传物质

1945年，薛定谔提出遗传密码的说法

1953年，沃森和克里克确定了DNA的双螺旋结构模型，这一天是分子生物学的诞生日

1954年，物理学家伽莫夫提出三联体密码的概念

1963年，64种遗传密码的含义全部得到了解答

1990年，"人类基因组计划"开始实施，中国承担了其中1%的工作

1996年7月，克隆羊多莉诞生

2001年，人类基因组序列草图绘制完成

2010—2015年，用于"编辑"与改变人类基因组的新方法相继出现

2018年11月，世界首例基因编辑婴儿诞生

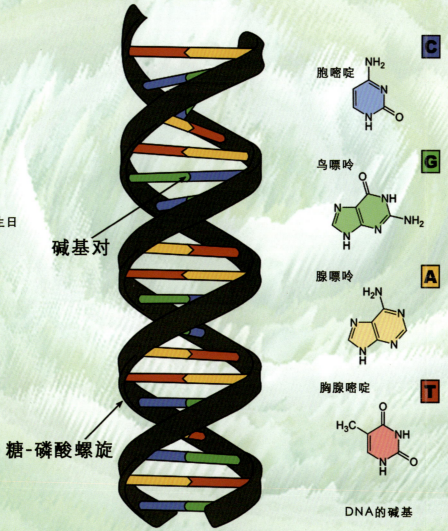

DNA脱氧核糖核酸

基因是具有遗传效应的DNA片段（只有极少部分病毒的遗传物质是RNA）。基因储存着生命的种族、血型、孕育、生长、凋亡等过程的全部信息。生物体的生、长、衰、病、老、死等一切生命现象都与基因有关。DNA是一种呈双螺旋结构的长链聚合物，组成单位为四种脱氧核苷酸，即：腺嘌呤脱氧核苷酸(A)、胸腺嘧啶脱氧核苷酸(T)、胞嘧啶脱氧核苷酸(C)、鸟嘌呤脱氧核苷酸(G)。

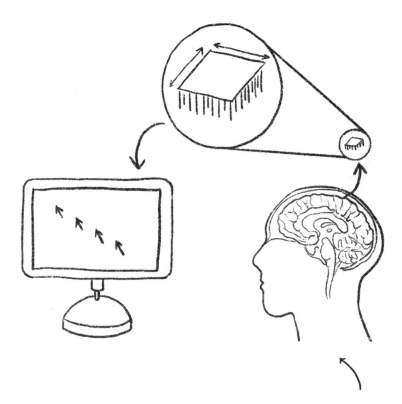

■ *脑机接口示意图*

目的不是让残疾士兵冲上战场,而是利用多个脑机接口之间的信息传递作用,让一名士兵的想法可以传递给其他人,分享信息,还可以利用脑机接口让士兵对传回的图像进行快速分析。

不过,现阶段的脑机接口设备也有自己的不足。第一,准确性不够。因为它是贴在头皮外面的,对脑电波的感应灵敏度不是很好,而且容易受到外界的干扰。第二,适应性不好。很多脑机接口依然很笨重,使用者在使用的时候很不舒服。第三,实用性不足。现在的脑机接口只能完成简单的运动,复杂的功能还难以实现。

最伟大,还是最可怕?

脑机接口凭借着科幻小说的渲染被誉为"人工智能的下一代技术",不过,也有人对脑机接口的发展提出了最值得关注的质疑。

他们的质疑,主要集中在下面七个方面。

第一,脑机接口真的安全吗?前面说过,脑机接口分为侵入式和非侵入式两种。非侵入式的不进入颅腔,相对安全。但如果我们需要最准确的信号,还得靠侵入式脑机接口。而侵入势必会造成创伤,那么免疫排斥、大出血、感染都有可能发生。此外,植入的电极也有可能老化甚至损坏,如果这些设备伤到大脑,那么对患者造成的伤害有可能是致命的。如何避免这种伤害,目前我们的研究还远远不够。

第二,患者真的想要被植入脑机接口吗?对于健康的人而言,我们可以明确地表达我们的意愿,但世界上有一种病人,我们无从知晓他们的意愿,这就是闭锁综合征患者。闭锁综合征是一种因脑干损伤引起的疾病,患者的意识完全清醒,但身体不能动,就像昏迷一样。任何一种治疗,取得患者本人的知情同意都是伦理道德的必然要求,可面对闭锁综合征患者,我们怎么知道他到底要不要安装脑机接口呢?

第三,脑机系统的信息真的准确吗?人的大脑是一个非常复杂的系统,对不同脑区的解读甚至会有相反的结论。比如当你在工作的时候,一款新游戏发布了。你的大脑的奖赏系统可能会告诉你:"玩它!现在!它能让你快乐!"而你的前额叶则可能会告诉你:"工作!赶紧工作!任务快完不成了!"这时候,脑机系统到底是会解读为你想玩还是想工作呢？

第四，要不要阻止患者的错误行为？有时候，我们都会有一些不好的念头，比如想打碎一块玻璃。这时候，脑机交互到底要不要满足你的愿望？如果满足了，造成的后果谁来承担？

第五，用了脑机接口的我还是我吗？脑机接口实际是对你大脑信息的一种再加工，所以它不能完全准确理解你的意思。而且，对于交互式的脑机接口，设备可以向大脑传递信息，有可能改变人的意志。那么，你的行为到底是不是你自己真实意愿想完成的行为？就像《程式》这篇小说里描写的一样，当你的意识被别人修改了，你还是不是原本的你？

第六，脑机接口会不会窥视我们的隐私？我们的行为、所思所想都是由大脑控制的。平时，我们可以用情绪、肢体动作来掩饰我们的想法。但当我们被安装上脑机接口后，它会不会记录我们的想法？如果会，这个记录会不会被别人读取、利用？

第七，脑机接口会不会沦为富人的工具？跟转基因、基因编辑技术一个道理，随着技术的革新，富人总是有机会享受到最新的科技，他们的生活质量也可能因此与穷人越差越大，社会的公平正义将会受到严重的挑衅，如何解决这个问题？

更好的明天在哪里？

小说《重生》讲了一个换头的故事。在作者杜撰的世界里，器官移植似乎已经是一件很轻松的事情了，而在我们现实生活中，器官移植也不算什么新闻，但其实人类进行器官移植的历史仅仅六十余年。

世界首例器官移植是在1954年12月23日，由美国波士顿医生约瑟夫·梅里（Joseph Murray）在一对同卵双胞胎之间完成的，移植器官为肾脏。因为同卵双胞胎的免疫排斥比较低，被移植者在术后生存了8年，最后死于心脏病。这标志着人类器官移植的开始。在1959年，第一例非血缘关系个体间的器官移植完成，但因为免疫排斥问题，结果并不理想。直到免疫抑制剂的问世，器官移植才终于大范围应用起来，只要你能想到的器官，基本被移植过。而这其中又以头部移植难度最高，因为它涉及脊髓神经和几条大血管的拼接。2017年11月17号，意大利神经外科专家塞尔吉·卡纳瓦罗（Sergio Canavero）在奥地利维也纳宣布世界第一例人类头部移植手术已经在一具遗体上成功实施。只是因为移植双方都是已故的身体，所以在移植效果上无法评价。

器官移植，从一方面看是人们为了追求健康生活而进行的努力，但这美好明天的另一面，其实也有不少黑暗的现实，因为它绕不过一个最简单的问题：器官从谁的身体来，给谁的身体用？如今，每天都有无数人在排队等待器官移植，但可被移植的器官数量远远不够。以前，死囚是一个重要的器官来源，而现在则全部为自愿捐献。在巨大的供求不平衡中，一个黑色产业诞生了——器官买卖。无数为生计所迫的穷人明码标价地出售自己的器官、自己的健康，而负责联络被移植者的中间人赚得盆满钵满，甚至还有为了移植而故意杀人的新闻出现。可谁能获得这些器官呢？富人。他们不但可以在黑市上买到自己需要的器官，还可以在正规系统中利用自己的财富、影响力加塞，抢夺别人生存的机会。随着科技的进步，定制器官已经不再是幻想。可以预见的是，在未来一定会有很多富人为提高自己的身体素质，或者为了更夺目的颜值而选择定制器官，从而让自己更具有优势。这种能随心所欲、不顾他人、不计后果改造自己的明天，真的美好吗？

人类的随心所欲还不止这些。除了定制器官，在生育上我们也早已打开了"自由之门"，那就是人类辅助生殖技术，又称助孕技术，即用人工的方法代替自然的生殖过程，试管婴儿就是其中之一。

1978年7月25日，世界上第一个试管婴儿刘易斯·布朗（Louise Brown）出生，这标志着试管婴儿技术的正式建立。这项技术原本是为了帮助那些生育困难的夫妻，让他们也能享受到为人父母的喜悦。但不知从什么时候开始，它便跟代孕挂上了钩。

怀孕的辛苦谁都清楚，除了寝食难安，怀孕更是让母亲多了一份风险。谁会愿意出借自己的身体为别人生宝宝呢？答案不用说你也知道了吧，对，依旧是那些没钱的人。在这期间，代孕母亲除了要忍受怀孕带来的不适，还可能面临被代孕人拒绝认领婴儿的尴尬——是的，很多人在看到婴儿不是自己想要的样子后会选择拒绝认领。而即便自己代孕的孩子被顺利认领走了，留给代孕母亲的可能也只是很少的一点报酬，以及对骨肉无尽的思念。这样的明天，真的美好吗？

另外，随着基因技术的发展，人类随心所欲的力量更强了，比如克隆技术的产生。

1996年7月5日，世界上首只克隆动物——绵羊多莉诞生，这标志着克隆技术的一大飞跃。在此之后，无数克隆动物诞生，现在克隆宠物已经是很多宠物门店的招牌了。但克隆技术真的安全吗？而且，虽然目前国际上禁止克隆人，因研究需要的克隆胚胎也必须在一定时间之内销毁，但谁能保证没有科学疯子在我们

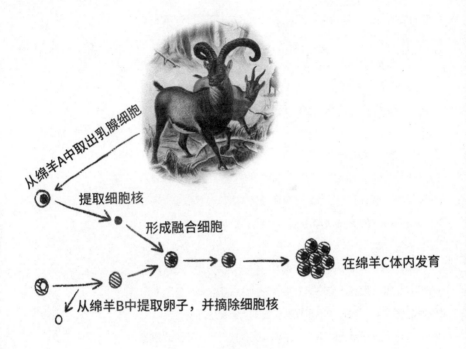

■ 此图是2009年用于克隆比利牛斯山羊的过程。组织培养物取自最后一只名叫西莉亚的雌性比利牛斯山羊。从山羊中取出卵子并取出细胞核以确保后代纯粹是比利牛斯山羊。将卵子植入代孕山羊母亲的发育中

看不到的地方偷偷做着什么呢？

如果你觉得上面提到的都是有钱人才能享受的技术，下面这个就跟每一个活着的人都息息相关，那就是"人类基因组计划"。

人类基因组计划，是为了揭示和鉴定人类全部遗传信息的整套基因，对人的生命进行系统的科学解码，以认识生命起源、种间和个体间存在差异的起因、疾病产生的机制以及长寿与衰老等生命现象的伟大科学工程。这个工程由诺贝尔奖获得者雷纳托·杜尔贝科（Renato Dulbecco）发起，美国、英国、法国、德国、日本、中国等六国共同开展研究。2000年6月26日，美国时任总统克林顿和相关科研工作者在白宫宣布人类基因

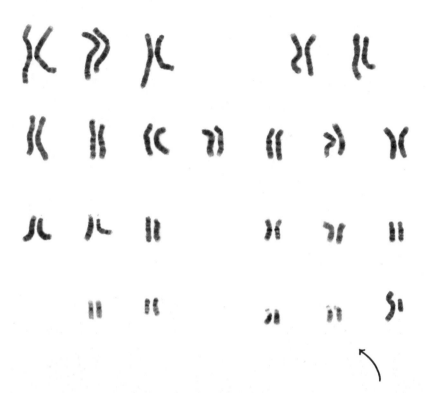

■人类基因组示意图
(图片来自National Human Genome Research Institute)

组工作草图已经绘制完成,人类全部基因的测序研究工作取得了阶段性成果。

人类基因组计划,是人类对自己认识最彻底的一次。以前,我们只能通过细胞等研究水平认识身体,或者通过基因测序了解个体,还尚未从人类整体的角度去看待我们的基因。随着基因组测序的完成,一个群体、一个民族有什么特征,易患什么疾病都将暴露无遗。它会不会成为歧视的帮凶,有没有可能变成一种商品呢?这不禁又让人联想起《和平年代》里的基因决定工作,而现在,通过基因测评性格也不是什么新鲜事。值得警惕的是,它会不会变成一种武器?或者让我们再次陷入伪科学的泥沼中呢?

不仅如此,我们还将要能改变自己的身体。

科幻电影《机械手臂》中,主人公有一条神奇的机械手臂。这条机械手臂平时可以拆下来,紧急关头只要主人召唤一下,就能自动飞过来,拯救主人。而且这条手臂,力大无穷,枪法极准。以前是幻想,现在是现实。美国一位水电工因为一次工业事故,失去了双臂,但是很快科学家就给他安装了一对机械手臂,这个手臂的力量和精准度,都十分惊人。那是如何控制的呢?人脑发出神经信号,神经信号经过微电脑,就能转化成信号命令,机械手臂就能按照主人公想的来做动作!当然,现在的科技还做不到电影里的那种完美控制,可已经不远了。

■ 机械手臂(图片来自Simon Fraser University)

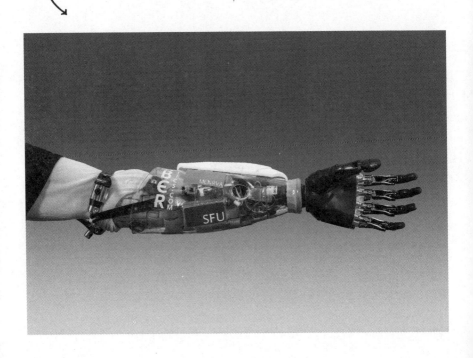

1999年的高考作文题目是：假如记忆可以移植。这种畅想，现在正在成为现实。科学家已经在小动物上，成功移植了记忆。也许不久以后，我们就再也不用担心会忘记重要的事情、快乐的事情了！

我们很容易沉迷于其带给我们的兴奋、新鲜和成就感中，也很容易就对世界、对生命失去一份敬畏之心。在生物学发展中，

■ 人类是人类的终极场景之一，他们改变自己太多，以至于实际上他们不再是人类（图片来自 tamingtheaibeast.org）

目前似乎只有大脑这个重要器官还没有被彻底揭示,但未来呢?《程式》里植入思维的场景还离我们有多远?

几万年前,我们还是一种微不足道的生物。但现在,我们已经掌握了与大自然一样的能力,成了地球的主人。我们能够杀死生物,也能挽救它们。我们能够改变自然,也能够毁灭大自然。自地球有生命以来,未来第一次真正掌握在生命手中。他照顾了我们几十亿年,我们应该更好地照顾他。

明天,真的会更美好吗?

微小说·吮吸

● 翼爱爱 / 文

时间：广宇宙，3477年7月22日
坐标：地球，201层Q区，第4感觉实验室
目的：探索原始智人的肢体感觉
主试：周认，发展医学博士，感觉设计师
被试：X

我慢慢地吮吸了一下手指，对，就像原始智人的胎儿那样本能地吮吸了一下，触觉信号开始在手臂神经上蔓延，触动大脑的那一刻我会感觉到，大脑安静等待着，感觉忽至，一丝带着刺痒或者是痛的触觉击中了我，那么模糊，我还来不及体会和分析的时候它已经消失，难道这就是原始的肢体感觉吗？如此迅速而混乱地消失了？为什么我总是觉得似曾相识呢？我传电波给博士："博士，太快了，消失了，我不知道怎么描述这感觉。因为我发现这感觉实在是太复杂，和我以往所有的感觉体验都不一样；嗯……甚至超越了你的顶峰之作——吻。"同时，我收到了博士的回复，她和我一样激动又迷惑："你已经没有感觉了是吗？可是从神经活动仪的数据看来，触觉信号到达后感觉神经元后震动达到峰值，然后扩散开来，目前仍然有大片的脑神经在活动，请慢慢地体会，再试一次。"我又慢慢

吮吸了一次，等待触觉的到来，也许是激动吧，这几毫秒的时间里，我的思绪开始泛滥。

我们现代智人为了认知能力的发展完全舍弃了肢体感觉，没有冷热温痛，我们所有的感觉全部为元感觉，也就是电信号直接刺激感觉神经元，所以触觉设计师非常重要，他们调节电波，精确地刺激不同神经元以制造各种肢体感觉，当然也可以控制时长和程度。我们可以购买各种感觉包来丰富生活，有基本的痛觉、味觉，也有复杂的亲吻觉、麻木觉等。

实验前，周博士已经告诉过我，肢体感觉比我们的元感觉发生得慢，据原始智人的史料记载传递速度大概是90m/s，实在是很慢啊。甚至可以想象那时候的智人反应速度有多迟钝了，而且脑容量还那么小。周博士发现原始智人的胎儿已经开始吮吸手指了，她便萌生了探索肢体感觉的想法，组织唤醒技术让这个想法成为可能，简单说就是激活沉睡的OHppst基因，在退化了4万年后，人类可能再次长出四肢。结果是，我接受激活处理两小时后，左鼻孔处长出了一只非常纤细的胳膊，末端却生着一只白白胖胖的手，本来是预计长在身体左侧的，事实证明技术还不够成熟，定位误差太大了。

就是这只滑稽的手臂，让我们所有人都兴奋不已，毕竟我们找回了人类丢失了4万年的肢体感觉，仅此就足以媲美前宇宙的去感觉运动。那是生物史上第一次主动进化运动，而非达尔文提出的自然淘汰式进化。大概是前宇宙，公元4035年，距今约4万年前，一位哲学家发起了去肢体运动，他认为：不断增加的认知能力是进化的根本，纵观进化史，普通动物与称霸地球的原始智人相比，关键在于认知能力的爆炸，认知能力的发展需要不断扩大的大脑，但是肢体会和大脑抢资源，瘦弱的手、脚、躯干完完全全是废物，应该彻底进化掉。那时原始智人已经进入完全虚拟化社会，人机结合紧密，信息可以通过机器直接传递到大脑，脑波可以直接传出信息，思维的力量可以通过机器直接实现，营养供给设施完善，婴儿抚养这么麻烦的事情早已由育婴机完成。所以不需要说话，不需要走路，不需要劳动，无须生育，彻底进化掉四肢理所应当。

当然也有反对的声音，提倡保持肢体，锻炼肌肉，争执了几百年还是败给了去肢体派，其中的原因非常复杂。过去肢体不是一蹴而就的，那时的原始智人还不能完全控制基因表达，他们通过药物和射线抑制肢体的生长，受精卵经过严格的筛选，如果父母四肢超过标准，育婴费用会非常昂贵。所以很长一段时间，原始智人以头大、肢体瘦小为美，四肢粗大的往往找不到配偶，这也算是主动进化的一种了吧。原始智人用了2~3万年的时间完全进化掉四肢，仅保留了二分之一的肢体，负责支撑和吸收营养。结果显而易见，肢体的退化促进了大脑的发展，在1万年前，原始智人的认知能力又一次爆炸，成就了现代智人的地位。我们征服了地球附近的8个文明，一跃成为霸主，打开了广宇宙时代。我们现代智人的头颅平均直径为3.4289米，周博士的竟然达到了4.01米，必须承认她是一位非常迷人的姑娘。

手指的感觉又一次传了过来，思绪回到实验室来，这感觉陌生又熟悉，我还是无法精确地描述，同时我的神经活动也是混乱的。这时收到了周博士的信息，透着些许无奈："各种算法都用过了，但是两次神经元的激活都找不到规律，我们稍后再试吧。"博士停止了对我的检测，看来短时间之内，我们还无法模拟这种原始的感觉。

我又吮吸了一次等待着感觉的到来,也许胎儿第一次吮吸手指,第一次感受自己,感受他源起的这个物质世界时,就是熟悉、陌生又混乱的吧。

脑神经一片轻颤,是手指传来了信号。

微科普·原装的，改造的，你喜欢哪套电路？

● 单少杰 / 文

我们为什么能感受到鸟语花香？又为什么能感受到针刺刀割？故事里的主人公依靠的是一套由科学家设计的电路和处理器。可血肉凡胎的你是如何感觉到的？

电路，你也有

虽然你的身体里没有任何金属电线，但也有一套值得"打call"的天生电路——神经系统。而神经细胞（艺名：神经元），就是这套电路里的电线。

说神经细胞是电线，不单是一种比喻，还因为它确实能像电线一样传递电流。只不过普通的金属导电靠的是电子在金属内的运动，但神经细胞导电，靠的是细胞膜和它两侧的各种离子。

细胞膜，就是包裹着你的细胞、像城墙一样守护细胞正常运转的一层膜。就像普通的城墙都有城门一样，在细胞膜上也有很多由蛋白质组成的小门，不同的小门可以控制不同的物质进出细胞。其中，就有两种小门可以分别控制钾离子（K+）和钠离子（Na+）进出，专业术语叫作K+蛋白通道、Na+蛋白通道。

在正常状态下，控制K+的蛋白通道是开放的，细胞内的K+

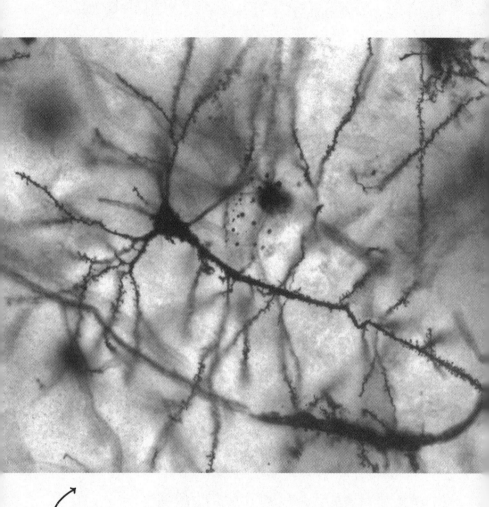

■ 神经元（图片来自 Methoxy Roxy）

可以通过它跑到细胞外面去。又因为异性电荷相互吸引，所以细胞膜内的一些有机阴离子（A-，这里的A泛指有机物）就会被细胞膜外的K+吸引到细胞膜附近，可它们又没办法钻出去，结果就造成了细胞膜内负、外正的电荷分布。这时候，因为细胞还没有受到任何刺激，我们就说神经细胞处于静息状态。处于静息状态时存在于膜内外两侧的电位差称为跨膜静息电位,简称静息电位。

在静息状态时,控制细胞膜两侧电荷多少的主要是K+蛋白通道,Na+蛋白通道的作用很小。但当神经细胞受到刺激后,Na+蛋白通道却更容易受到影响。当神经细胞受到刺激后,一部分Na+蛋白通道率先开放,细胞膜外面的Na+开始向细胞膜内涌入。随着Na+蛋白通道开放数量的增多,越来越多的Na+会流入细胞膜内,直到细胞膜内的正电荷比细胞膜外多很多为止。这时,原本内负外正的细胞膜电荷分布就变成了内正外负的状态。我们把这时候存在于膜内外两侧的电位差称为动作电位。在Na+蛋白通道开放不久,K+蛋白通道也开始工作了,它会把细胞膜内大量的K+运出细胞外,让细胞内的正离子数量下降,最终使得细胞恢复外正内负的电位状态。如果以电位差为纵坐标、时间为横坐标,你会看到膜电位随时间在图上出现了一个尖尖的峰,这就是K+蛋白通道和Na+蛋白通道工作的结果。

什么?你问细胞里那些过多的Na+怎么办?没关系,在细胞膜上还有一种同样由蛋白质组成的叫作钠泵的小门,它可以将细胞内多余的Na+泵出细胞,顺带将K+泵进来。

这是细胞膜上一个位置受到刺激的结果。当这一点的细胞膜受到刺激,电荷发生变化后,它还会影响到旁边细胞膜上K+蛋白通道和Na+蛋白通道的开闭,造成相邻位置电位发生变化,而相邻位置电位的变化又可以影响到更远的地方。电位变化就这么从一个点向远处传播开来,就像击鼓传花一样,于是整条神经细胞就出现了电流的传递。

值得夸赞的是,电流在普通电线上传导会发生损失,但在神经细胞上传导一点都不会损失。而且,几根金属电线如果放在一起，它们的电流还会互相干扰，而我们的原装电路，哪怕并排放很多神经细胞，电流都不会彼此影响。从这点上看，我们的原装电路要比故事里主人公体内的电路高效得多。

感觉，是接力赛的成果

故事里的主人公能感受到手指被吮吸，是因为安置在手指上的感受器受到了刺激，然后电线把这种刺激信号传递给了处理器。从这点上来看，我们的原装电路能感受到外界刺激的机理跟主人公的改造电路类似，都是各种细胞、元件将信号像接力赛一样传递的结果。不过，我们的原装电路依旧比改造电路要复杂得多。

在神经系统里，电信号的传递有两种不同的模式，分别对应神经细胞之间的传递和神经细胞与肌肉细胞之间的传递。

神经细胞之间的传递，因为都是一类细胞，所以它们采用的是一种非常高效的传递方式——缝隙连接。缝隙连接由相邻的两个神经元细胞膜组成。在这两个细胞的细胞膜上，各有一个"半通道"，每个半通道都是由六个缝隙连接蛋白组成管道状结构，两个对应的半通道拼起来就是一个完整的通道了（有没有想到"一只大雁从北京飞到大连要一个小时，为什么从大连飞回北京却要两个半小时"这个脑筋急转弯）。正是有了这个通道，两个相邻的神经细胞就可以礼尚往来地交换一些细胞质、离子等东西，电信号也就传递过去了。用缝隙连接传递电信号速度非常快，并且可以双向传递。

而在神经细胞与肌肉细胞之间，因为它们是不同的细胞，所以传递信号就比较麻烦了,它们采用的是神经——骨骼肌接头方式。在神经末梢与肌肉细胞相接的地方叫作突触。虽然说是相接处,但其实它们并没有直接贴上,而是有一个小小的缝隙——突触间隙。缝隙两侧,神经细胞一端的细胞膜叫作"突触前膜",而骨骼肌细胞一端的细胞膜叫"突触后膜"。当神经细胞想指导骨骼肌细胞做点什么,比如感受到吮吸想缩回手,神经细胞的细胞膜就会释放很多突触小泡到突触间隙中。这些突触小泡内含有诸如乙酰胆碱这样的分子。突触后膜,也就是骨骼肌细胞吸收了乙酰胆碱后就会激活细胞内一些信号途径,指导细胞完成相应的动作。这种跨系统的连接方式在传输速度上比缝隙连接慢,而且它非常容易被外来物质干扰,比如从植物曼陀罗中提取出来的阿托品,就可以竞争性地与乙酰胆碱受体结合,从而缓解肌肉痉挛(不要私自尝试!不要私自尝试!不要私自尝试!重要的话说三遍!)。

电路如果坏了怎么办?

这就是你身体里自带的原装电路。它远比故事里的电路要灵敏、高效,你是不是很骄傲?别急,其实我们的电路也有缺点,就是它坏了非常难修理。

普通电路里的电线只有一根导电金属加上外面的绝缘皮而已。但我们的神经细胞,首先,身为一个细胞,它本身就非常复杂,有丰富的细胞器;而且它的外面也有一层保证电信号传播更稳定、快速的绝缘皮——髓鞘;其次,神经细胞要想正常传递电信号,还要有很多其他细胞的支持,比如神经胶质细胞等;再次,神经细胞,特别是大脑里的神经再生很困难。再加上我们对神经的了解还远远不够,这导致一旦它出了问题,我们难以修复,根本不能像换电线那样轻松更换。

那怎么办呢?有两种办法,一是促再生,二是打补丁。促再生主要是针对神经系统损伤,让新的神经元来补充死去的神经元。打补丁则针对功能异常的神经元,通过技术手段向神经元内部导入相关的基因,弥补功能上的缺失。不过,这两个修补措施哪个都不好做。神经系统中虽然有一定的神经干细胞,但这些神经干细胞再生能力很差,难以弥补大量的神经损伤。而插入基因,目前的主流技术依旧是一种叫作CRISPR/Cas9的基因编辑体系,它的原理是将目标细胞里的DNA链剪断,然后拼贴进去我们需要的正常基因,再将DNA链连好。这样当细胞工作时,就会利用正常基因合成出正常的蛋白质,从而修复细胞的功能。可是,目前的研究发现这项技术的脱靶率太高,很容易把我们导进去的正常基因插到别的地方去,结果就是我们要的基因不能表达,还可能毁坏别的基因,甚至引发癌变,风险实在太高。

如果从修复的角度看,故事里主人公的电路反而是优势明显。那么,如果可以,你是想要我们的原装电路,还是主人公的呢?

微小说·程式

● 康乃馨 / 文

　　北海搂着香菜，弯着腰行走在这片废墟中，他们不时抬头张望，观察着敌情。香菜已经有些跑不动了，但这片区域显然不适合停留，这里太危险了，随时有可能冒出几个红波发射器，他们需要加快脚步。

　　"香菜，再坚持一下，我们可以到那栋楼房再休息。"

　　香菜点了点头，二人互相对视了一下，他们是多年的情侣，一个眼神就能明白对方的意思。他们轻松地绕过了一些障碍，离那栋楼房最多剩下50米了。经过扫描那栋楼房是安全的，没有人类，也没有发射器。二人急步跑向了门口，但身后一阵轻微的电子声传来，二人敏捷地趴在了地上。北海在趴下的同时马上转过了身，随着一声枪响，身后一个红波发射器刚刚露头就被北海一枪打了下来。香菜已经吓得喘着粗气，北海赶紧扶起了她，跑进了楼房里。

　　香菜直接坐在了屋里的地上，四下张望了一下，这才慢慢平复了情绪，其实他们已经习惯了这种场面。

　　"离目标区域还有多远？"香菜问。

　　"还有两天的路程，但愿我们能安全到达。"

　　"你真的相信那里还有幸存的人类？"

　　"这是我们唯一的希望。"

北海把水递给了香菜,然后默默地坐在了她的身后。没有人知道这场战争从何时开始的,等人类发觉的时候,已经太晚了,人类已经损失掉了百分之八十,也许更多。十多年前一款叫作"真实世界"的虚拟游戏开始流行,几乎所有人都迷恋上了那款游戏,人们戴上头盔,把大脑意识连接到网络中,在那虚拟的"真实世界"中,任何人都可以呼风唤雨,为所欲为。但等人们发现电脑已经在所有接入的人脑中下载了某个程序的时候,一切已经晚了,只有少数从来不玩游戏的人幸存了下来,他们组织了反抗队。但战争只进行了十个小时,人类围攻电脑主机大楼的行动就告失败,因为电脑发出了无数的红波发射器。这种发射器可以发射出某种红波,人类到现在也没有弄明白其中的原理,据说是某种生物电波,里面携带着那个预定的程序,只要被红波击中,程序会被马上写入大脑,与人类的意识混合在一起,你就会变成他们的人,幸存的人管他们叫被感染的人,程序无法抹除,除非你杀了他们。

"我不想再坚持下去了。"香菜突然说,然后抬头望向了不远处的门。

北海腾地坐直了身体,他不相信香菜会这样说。

"你说什么?"

"这样下去不会有结果,据说那些被感染的人,已经回到了城市,重新开始生活,而我们还在这里躲躲藏藏。"

北海终于明白了,他慢慢举起了枪。

"你是什么时候被感染的?"

香菜慢慢回过了头,眼中闪着泪花。

"你不想回到原来的幸福生活吗?"

"那种被程序控制的生活?"

"可是我们还没有发现程式有什么危害,不是吗?"

北海深深地叹了一口气,他不想亲手杀死自己的爱人,这太难了。

"告诉我,你是什么时候被感染的?"

"你的枪已经没有子弹了。"

门被撞开了,两个红波探测器飞了进来,北海急忙调转了枪口……

我合上了这本书,这太无聊了,这本已经被官方禁止流传、只有在这个小酒吧才可以看到的书,我对这个500年前的北海的故事之前也有些耳闻,但从来没有相信过。

刘黎走了过来,又给我倒了一杯酒,我和他很熟,我是这个小酒吧的常客。

"看完了吗?有什么感想?"

我喝了一口酒,味道真不怎么样,然后漫不经心地回答:"没有,这小说写得不怎么样。"

刘黎四下望了一下,然后坐在了我对面,把脑袋探到了我的面前。

"那是你还没有看到结尾,结尾处写着,等所有人类都被感染以后,电脑主机就深深地沉入了大西洋的海底,没有人知道它在哪儿。"

"那又怎么样?我也可以编成它去了太空。"我不屑地看着他。

刘黎又看了看门口,确认没有人进来。

"怎么样?你不知道大西洋那里有个禁飞区吗?就是那个什么百慕大三角,所有飞过的飞机都在那里失事了,我通过政府的朋友查过,查不到那里的任何资料。"

"你朋友是在政府里打杂的吧？"

"好吧，好吧，这不重要。听着，你有没有感觉到，你所做的事，真的是自己想做的吗？你真的想来我这里喝酒？你真的愿意做驾驶员的工作？"

"是的，我非常确定。"

"那好，那好，我们不说你，我们说别人，非洲还有那么多饿死的人，人们为什么却要耗巨资上火星去？这真的是人们自己的意愿吗？还是在执行别人强加的想法？'一战'和'二战'的爆发真的是因为殖民主义？还是某种人类头脑中深层的意念？为什么人类在其他方面都发展很快，唯独AI和生物电脑方面停止不前？这难道还不说明问题吗？还有，我们学习的历史真的正确吗？"

我打断了他，不想再听他说下去了，这家伙每次都会有说不完的理由，要不是他家的酒够便宜，我真的不想在这听他唠叨。喝完了那杯酒，我就走出了酒吧。但一路上他说的话，我想了很久，仍然不明白。我们所做的事真的是为了自己吗？还是我们的潜意识里真的在执行别人的命令？也许我真的喝多了，我竟然相信刘黎的故事，该不会是这家伙在他的酒里放了什么吧，我需要回到家里好好睡上一觉了。

我不知道我的脑中是否有某个程序存在着，你呢？

微科普·"明言明语"，可以实现吗？

●单少杰/文

随着一档综艺节目的热播，艺人黄晓明先生创造的"明言明语"迅速走红于网络，其中的经典名句就是："我不要你觉得，我要我觉得。"

在本篇小说中，同样有这么一个世界。那里的人大脑被植入了特定的程式，当程式被启动后，他们就会丧失自己的想法，而按照别人设定好的意识生活。简直就是"明言明语"的具现化。那么，我们的意识真的会被操纵甚至改写吗？

意识是什么？

要问意识能不能被影响、被更改，我们首先就要问一个让所有科学家都一个头两个大的问题：什么是意识？

什么是意识，自从人们开始探索世界，这个问题就一直萦绕在科学家、哲学家、文学家、神学家等诸多学者的心头。早期，人们认为意识跟灵魂类似，是一种住在人身体里的东西，它虚无缥缈，可以自由来去，肉体死了也不会湮灭。一些鬼故事就是这么来的。后来，随着脑科学的发展，人们逐渐意识到，意识是脑神经元活动的结果。

这里有一个非常有意思的"詹妮弗·安妮斯顿神经元"的故事。詹妮弗·安妮斯顿（Jennifer Aniston）是一个著名的美国演员，《老友记》里那个非常马大哈的瑞秋就是她。2005年，神经科学家罗德里格·奎安·基罗加（Rodrigo Quian Quiroga）做了一个实验，他在被测试者的头上连了很多能感受神经元活动的电极，然后向被测试者分别展示了不同人的照片。对于其他人，这个被测试者都没什么反应，但当詹妮弗·安妮斯顿的照片出现后，他的大脑里却有一个神经元非常明显地被激活了，并且，这个神经元只对詹妮弗·安妮斯顿的照片有反应。后来人们就戏称这个神经元是"詹妮弗·安妮斯顿神经元"。

这个实验一方面揭示了记忆产生、储存的机理，同时也佐证了意识是神经元活动的结果。只有当神经元工作起来，我们才能对世界产生响应，并且有了认识世界的能力，意识才会出现。因此，一些学者或者科幻作者都提出过"通过影响神经元来影响人们意识"的方法。

但……

神经元怎么形成意识？

神经元，就是你的神经细胞，它长得像一个流星锤。膨大的锤身叫细胞体，上面长出来的树杈一般的结构叫树突，而连着锤身的那根长长的链子叫轴突。在神经细胞工作的时候，它会产生一个微弱的电流，就像一根自带发电机的电线一样。一个神经元肯定不能形成意识，只有电流在不同神经元之间流动起来，刺激其他的神经元一起活动，意识才能产生。

可多少个神经元的活动就能形成意识呢？关于这个问题，

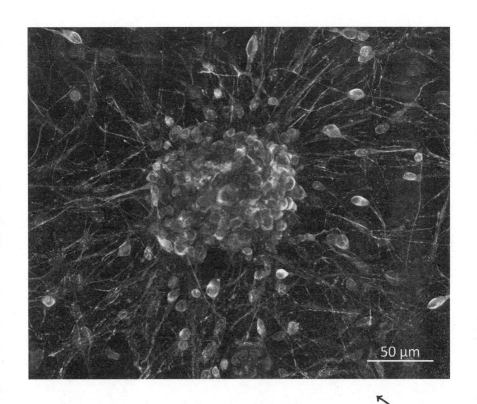

■ 大鼠原代皮质神经元图像

生理学家们也不知道。太少了肯定不行，蚯蚓也有神经元，但它明显没有意识。而很多神经元……鸟类神经元很多，它们有意识吗？猴子也不少，它有意识吗？

为了解决这个问题，一些科学家提出，要形成意识，只有数量上的多是不够的，还要有功能的合作。我们的大脑里大约有860亿个神经元，比地球上的人口还多十倍。它们分散于大脑的各处，分管不同的功能。从结构上分，大脑分为视丘、下视丘、边缘系统、大脑皮质四部分，其中大脑皮质按沟裂又能划分为几个大区，比如额叶、颞叶、顶叶和枕叶，这些大区再向下又能分成许多功能区。而意识的产生，哪怕是最简单的一个吃东西的想法，都要涉及很多功能区的联动。

这就是为什么自然界动物那么多，有意识的却没几个，因为它们的大脑不够发达，神经元要么数量不够，要么无法形成高级的合作机制。同时，这也给人们吃了一颗定心丸，就是……

操纵意识？想得太美！

从理论上来讲，如果我们能控制每一个神经元的活动，那么我们确实可以操纵意识。但俗话说得好，理想很丰满，现实很骨感。

首先，我们做不到控制每一个神经元的活动，至少现在做不到。我们的大脑实在是太复杂了，而那860亿个神经元比头发丝都细。我们不可能设计出那么精细的仪器去控制每个神经元的活动。而且，这860亿个神经元还连接成了一个极度复杂的网络，几乎就是牵一发而动全身，稍微有点偏差可能就达不到我们操纵意识的目的了。

其次，就算我们能控制这些神经元的活动，比如通过影响处于核心位置的神经元来近似达到操纵意识的目的，我们也不知道该怎么设计控制程序，因为我们还不知道什么样的神经元活动方式对应着什么样的意识。比如前面提到的詹妮弗·安妮斯顿神经元，如果我们刺激一个很喜欢詹妮弗·安妮斯顿的人的神经元，可能会让他想起詹妮弗·安妮斯顿，但如果我们想让一个从来没有见过、也不知道詹妮弗·安妮斯顿是谁的人想起她，又该刺激哪些神经元呢？

看，哪怕仅仅是让一个人想起詹妮弗·安妮斯顿都这么困难，何况是彻底改变一个人的世界观呢。

要不，曲线救国？

操纵一个人的意识实在是太难了，不过如果你只是想简单地影响一个人的意识，还有一个曲线救国的方法，那就是利用潜意识。是不是想到了当年那个烧脑的电影《盗梦空间》？

潜意识是一个心理学术语，指人类心理活动中未被觉察的部分，是人们"已经发生但并未达到意识状态的心理活动过程"。举个例子，现在你面前有一红一蓝两个水果，你觉得哪个能吃？大多数人都会觉得红色的水果能吃，因为在人们的潜意识里，红色就代表着成熟，而蓝色的水果……连白雪公主里的老巫婆都不会考虑把苹果变成蓝色忽悠人吃下去。这就是潜意识的作用，我们察觉不到它对我们认识世界的影响，但它确实是存在的。如果把人们的意识比作一棵大树，那么我们能感受到的部分就是这棵树的树干、枝叶等地上部分，但是在地下，还有一个更为庞大的部分我们感受不到——树根。可看不到不代表它不存在，而且，它对树木的生长还有非常大的影响。

已经有诸多实验表明，如果我们能对人们有效地施加暗示，那么我们确实能改变人们的行为、认知，并且对方丝毫没有察觉。一些伪科学、"养生圣品"就非常善于这么做。

现在，看看你的生活，你被施加过多少暗示呢？

微小说·重生

● 康乃馨 / 文

夕阳西下,那个瘦弱的老人已经在吧台坐了整整一个下午。他一直抬头望着玻璃窗外广场上巨大的雕像,一下午发生在那里的纪念活动他都没有参加,就那样目不转睛地看着那里。

"老人家,有什么需要吗?"

我发现他已经喝多了,脸涨得通红,用已经迷离的眼神看了我一眼。

"没有,我只是想再坐会儿。"

我点了点头,看到老人又把目光转到了广场上。那巨大的雕像无人不知,正是我们的英雄艾迪,他正在夕阳下闪闪发光。今天是他去世40周年的日子,也是人类解放40周年的日子。

"想听个故事吗?"老人又喝下了一杯酒,终于把身子坐正了过来,面对我的方向,整个下午他都没有说过话,现在显然他有什么事想要说出来。

"当然,如果您愿意的话。"

老人长长地出了一口气,然后揉了揉自己的眼睛,才娓娓道来:"那时候人类还没有解放,被机器人困在地下城。你应该知道那段历史吧?"

"当然,40年了,没有人会忘记,虽然我年龄小,但还是听老人们说起过。"

"那就好,永远不能忘记。"老人点了点头,继续说着,"故事的主人公是一个强壮的搏斗士,机器人为了压制人类的文明和科技,不允许人类有任何科技研究,只让人类从事繁重的体力劳动,或者参加搏斗以供它们取乐,大多数人只能勉强维持简单的温饱,根本无心顾及其他。而我们的主人公却不一样,他不仅从小健身,拥有强健的体魄,屡屡在搏击比赛中获奖,还是那个片区的攀岩冠军。那年他已经40岁了,仍然是那里最强壮的人。但他却隐藏着一个没有人知道的秘密,他有一个从来没有走出家门的儿子,一个机器人并不知道的儿子。他让儿子不断地学习各种知识,却没有一天从事过任何的搏击训练和劳动,所以那孩子瘦弱得像个女人。"

老人说着,轻笑了起来,我也只好附和着笑了两声,但马上意识到这并不好笑。

"没有人知道他要做什么。只有他自己知道,他每天深夜都在进行意识转移研究,儿子已经18岁了,学会了所有机器人的工作方式,恢复了部分废墟中的科研和医疗机器人。他利用那些恢复正常的机器人,想在研究成功后,把儿子的意识转入自己脑中,这样他就能拥有一个强健的身体,能够携带着所有的知识爬出地下城,要知道在那样的生存环境一个人是无法做到的。"

"那他自己会怎么样?我是说他的大脑被别人的意识占领?他呢?会死去吗?"

"事情并没有如他所愿,研究很不顺利,几次实验都没有成功,慢慢地他才明白,意识传输是不可能实现的,研究被迫停止了。可是就在他要放弃的时候,那些机器人发现了孩子。暴怒之下,机器人把孩子投入了魔鬼训练营,进行了大规模的训练,还进行繁重的劳动。你知道从来没有健身经历的人是受不了那些的,那个孩子连拳头都挥不起来,他又是那样虚弱,在超量的训练下,几天以后就出现了肌溶解和肾衰的迹象。"

说到这老人的眼睛开始红了起来,泪水在眼睛里打转。

"他失去了所有的希望,于是在医护机器人的帮助下,进行了最后一次实验。"

"您刚刚不是说,意识传输是不可能的?"

"是啊,意识传输是不可能的,但他找到了新的方法。"老人说到这顿了一下,随即又喝了一口酒,这才下定决心继续说道,"他告诉儿子找到了肾源,会帮他换一个肾脏。但其实在麻醉之后,他让机器人对他们的大脑进行了移植互换,你知道只要能够重建大脑和脊髓间的联系,大脑移植是有可能的,而这其实才是人类唯一有可能进行意识交换的方法。儿子的大脑被移植进父亲的脑中,他不仅拥有了丰富的知识,还拥有了强健的身体,他不负众望地第一次挥起了铁拳,打败了搏击场上所有的对手,然后利用攀岩的本领爬出了地下城,来到了地面。"

"等等,"听到这我好像明白了什么,"您说的人该不是艾迪吧?那个单枪匹马切断机器备用电源,解救人类的英雄?广场上那个?"

我已经被自己的想法完全震惊了,艾迪当年解救了机器人对人类的压迫,却最终死在了机器人的铁拳之下。

老人没有说话,只是把杯里的酒全部倒进了嘴里。

"那,那父亲呢?他的大脑被移植进了瘦弱的孩子的身体,他活下来了吗?"

瘦弱的老人还是没有回答,他用苍老的双手掏出银行卡结账后,摇晃着走了出去,很快消失在空旷的广场上。

但我好像在他瘦小的身躯里看到了某种强大的力量。

于是我低下了头,不出所料,刷卡单上清晰地写着一个"艾"字。

微科普·换个头，为什么这么难？

● 单少杰 / 文

世界上有各种疾病，有的让人头痛欲裂，有的让人心如刀割，但有一种病症，我觉得是最残忍的，就是瘫痪，特别是全身瘫痪。一个意识完全清醒的人，却不能控制身体，只能被固定在床上、椅子上，明明心有驰骋之马，却身不由己。这时候，很多人都会想，如果能把我的脑袋移植到一个健康的身体上该有多好。

换个头，开启新生活，这是多少人美好的愿望，也是多少科学家夜以继日却尚未攻克的难关，它为什么这么难？

血管、神经，连起来！

头部虽然跟肝脏、心脏一样都是人体器官，但头部移植却比其他器官都复杂，因为它涉及两个重要通道的连接——血管和脊髓。

早在1908年，法国外科医生Alexis Carrel和美国生理学家Charles Gunthrie就尝试进行了第一例头部移植，他们选择的材料是两只狗。不过，他们并不是用一只狗的头部替换掉另一只狗的头部，而是将供体狗的头部接在了受体狗的身体上，制造了一只"双头狗"。一开始，供体狗头部还存在视觉、听觉、运动反射，但仅仅几个小时，这个头部就死亡了。据推测，应该是供体狗头部与受体狗身体的血液循环没有做好。1950年，苏联外科医生Vladmir Demikhov对手术方法进行了调整，实验犬的存活时间得到了大幅延长，最长的一颗供体犬头部活了29天之久。后来，各国科研工作者在前人的基础上不断改进试验方法，实验动物也从狗换成了老鼠、猴子这样与我们人类在生理上更相似的动物。到今天，在头部移植手术中，血管的连接已经相对成熟了很多。

与之相对的是，脊髓的连接依旧是个大问题。在我们的身体中，脊髓和大脑都属于中枢神经，其中脊髓既可以作为信号处理的处理器，又可以作为信号传导的中继器。普通的非条件反射，比如你被针扎了之后的缩手反射就是由脊髓控制的，而一些高级的行为，比如跑步、跳远则需要由大脑完成。这时候，大脑就会通过脊髓向身体各处传达命令。一直以来，学术界的普遍观点是中枢神经受损后不可再生。如果把一颗头部从供体上切下来，那么被切断的脊髓神经是不可能重新长出来的。要想让它还能起到正常的作用，就需要把被切断的脊髓和接受头部的身体上的脊髓完美地连起来，或者说，把被切断的神经细胞连起来。这时候，就需要用到一种胶水——细胞膜融合剂，它可以促进接口处的神经细胞膜融合，常用的有聚乙二醇、帕洛沙姆、帕罗沙胺等药物。在犬类动物上，目前测试效果还可以，但能不能用在人身上还说不好。除了用胶水，意大利外科医师Sergio Canavero提出电刺激也可以促进细胞膜的融合，在电流刺激下，两段细胞膜会发生短暂的变性，从而产生了融合的条件，只是这个方法能不能用在脊髓上还需要更多实验的探究。

免疫系统，请安静！

在连接好血管和神经后，另一个大问题也就随之而来了——免疫排斥。

免疫系统是保护我们身体健康的重要卫士。平时，各种免疫细胞会在身体巡视，通过辨别细胞膜上的分子来判断是不是我们的原装细胞，如果不是，就会发动猛烈攻击，直至将对方杀死为止。器官移植虽然是为了挽救人们的生命，但免疫系统不理解，只要不是原装的，一律消灭！很多器官移植手术失败的罪魁祸首都是免疫系统。当大脑的血管被接通后，免疫细胞也会顺着血管流入大脑，开始对大脑进行攻击。此外，面部的其他器官也都是它们的攻击目标。要想阻止免疫系统伤害新的头部，就需要使用免疫抑制剂降低免疫系统的力量，让它们安静一点。

自20世纪50年代起，一大批免疫抑制剂问世，如硫唑嘌呤、6-巯基嘌呤和皮质类固醇，为头部移植进入临床奠定了基础。美国神经外科医生Robert White首次在猴子的头部移植实验中使用了免疫抑制剂，他的实验证明了免疫抑制剂可以抑制身体的超敏反应，从而保护移植来的头部。但因为他使用了太多的免疫抑制剂，那只可怜的猴子在九天之后不幸夭折。

此后，越来越多的免疫抑制剂被应用于实验中。同时，两个问题也越来越引起科学家的关注。一是用哪种免疫抑制剂。研究发现，在不同器官移植方案中使用的免疫抑制剂不具有器官普适性，也就是说在肝移植中使用的免疫抑制剂可能在别的器官移植中就不那么管用了。但是鉴于人体试验涉及一系列的伦理问题，所以哪种免疫抑制剂最适合头部移植目前我们还尚不清楚。二是使用剂量问题。剂量少了，免疫系统抑制程度不够，移植来的器官依旧会被攻击，可用多了又会降低身体对外界病原物的抵抗力,如何控制剂量是医生们不得不考虑的事情。

重生之后,我是谁?

现在,虽然有很多科研工作者在研究头部移植方法,也有不少人在动物实验中取得了不错的结果,但应用于人体的移植手术一直都没有被批准,除了前面提到的手术操作有风险,还有一个大问题就是伦理问题。

一个保留有完整意识的大脑,接在了另一个人的身体上,这个新的个体究竟应该用谁的身份呢?是大脑主人的还是身体主人的,重生的人到底是谁呢?

如果你认为"思想意识决定个体身份",复活的个体应该是头部的主人。平时生活倒还没什么,但如果这个新的个体当了父母,麻烦就来了。虽然大脑、意识是一个人,但生殖细胞却是另一个人,这样生下来的孩子,到底是谁的孩子呢?

另外,如果身体的主人为自己的身体投保了保险,那么,现在他到底是死了还是没死呢。

总之,头部移植对人类的科技和道德都提出了不小的挑战,虽然每个人都希望那些患者重新开启新的生活,但在短期内,恐怕还无法实现。

微小说·夜空中最亮的驴肉

● 康乃馨 / 文

我已经注意到这艘飞船很久了,它每天晚上都出现在星空中,以近乎光速1/5的速度向着地球飞来。由于我强大的数据处理和运算能力,以及根本就无所事事的工作,当然还有那份每晚盯着夜空的雅致,注意到这一切并不算难。

但我知道这并不是鹅人的飞船,那完全不是一个级别的。迎面向我走来的人证明了我的猜想,他看上去非常高大,大约有一百米高,却能用纤细的两条腿走路。这和鹅人看上去完全不同,如果不去计较尺寸上的差别,单从形状上看甚至更有点像那些制造出我的苦力。只是他头顶上一颗闪闪发光的珠子,是我从来没有见过的。那珠子是那么显眼,就像经过纳米级的打磨一样圆润,散发诱人的柔美光芒。

"我说,这里你负责吗?"他竟然在说地球语,那已经失传有一千多年了吧?

我调动了所有探测设备,也没分析出对方来自哪里。

"是的,你来自哪里?到这荒凉的星球来干什么?"说完我就转头,盯向了夜空中的月亮。我每晚都会这样做,并不是因为月亮有多美,而是我确实没什么其他事情可干。

"噢,是那些鹅人,说这里有什么神奇的晶体。"来人说完,也礼貌地望向夜空,和我一起看着。

一听到鹅人，我的心不禁一震，虽然我根本没有心。但他们不是已经消失几百年了吗？怎么突然会派人来呢？他们要是知道我把地球搞成了这个样子，估计我也得像那些可怜的人类一样永远地消失在这里了。

"你，你说什么？鹅人？"

"是的，他们说这里有一种神奇的晶体，他们定制了很多，我是来取货的。你在看什么？那是你们的卫星吗？其实来的时候我就注意到了，那卫星的体积和质量都不对，你不觉得它太大了吗？"他看我对晶体没什么兴趣，开始和我套上了近乎。

没错，他说的是月亮，那颗夜空中最大的月亮，最明亮的月亮。我当然知道它太大了，我还知道它上面那每一丝纹路的组成，因为那就是我造成的。但他说的话开始让我迷惑了，既然他知道鹅人，知道晶体，为什么不知道月亮的事呢？

"你到底来自哪里？你真的不知道月亮，我是说这颗卫星发生了什么吗？"

"我探测过它的表面，主要组成部分是蛋白质、脂肪、糖、无机盐，水分也有一些但不多，可能是由于蒸发的原因。"

"那你知道那是什么吗？"

"我说，傻子都知道那是一块巨大的肉好吗？虽然经过了超强的压缩，但经历的时间太长水分还是流失了不少，但那就是一块巨大的肉无疑。而且从成分上看，这种肉的来源，也就是它的生物体应该就来自地球。"

"看来你还真是知道。不过你要的晶体现在已经没有了，恐怕你完不成你的任务了。"我开始有一些反感他，他的态度总让人觉得居高临下。虽然他确实有那样的身高，但我其实也不矮啊，我如果算上整个制造机器大约有几十公里呢！

"为什么？"我第一次从他脸上看到了失望的表情，连带着他头顶上的珠子都显得暗淡了下来。

"我觉得我有必要向你介绍一下晶体的来历，你就知道为什么了。"我决定从头讲起。

"洗耳恭听。"

"大约五千年前，也就是公元2018年的时候。噢抱歉，这是地球人类的日历计算方法，你知道人类吧？那个当时统治整个星球的生物。他们正在庆祝自己终于第一次见到了外星人，也就是鹅人。鹅人降临的时候，他们派出了最强大的欢迎队伍，眼看着那些高三十多米的巨大鹅形生物从飞船上走了下来。人类是好客的，他们用上了地球上所有最好的食物去招待最尊贵的客人。我还是说简短点吧，那些鹅人尝遍了所有食物后，还是一副失望的表情。你知道不同星球生物之间其实很难找到共通点的，但是那些鹅人却被一种神秘的晶体吸引了，一种呈黑褐色半透明状的晶体。他们显然超喜欢这东西的味道，而且喜欢它的光泽，不仅大量食用那些晶体，还把它们做成挂饰戴在脖子上。"

"等等。"巨人打断了我的话，"你说的晶体，和我说的是一回事吧？听上去是一样的。"

"没错，但请别再打断我！"一千多年了我好容易找到一个讲故事的对象，我要一口气把这个故事讲完，"而且鹅人们渐渐发现了，晶体不仅味道好、美观，而且对身体非常有好处，食用之后浑身都感觉非常畅快。人类告诉他们，这是用地球上一种叫驴的生物做成的，而且只能用驴的皮熬制，叫作阿胶，在地球上已经流传了很久。但鹅人才不关心这些，相信你也知道高等级的生物，做起事来是不会有所顾忌的。在鹅人那里，拥有几块阿胶已经成了富贵的象征。他们也尝试过用化学合成，或者其他方式制造，但阿胶的成分过于复杂，无论如何也不可能制造出那种感觉。于是他们开始了强大的改造计划，用基因工程批量地在地球上大量繁殖驴，地球成了他们的养殖场。仅仅过了五六百年，地球上已经有超过一百亿头驴。而人类就惨了，一开始还能帮着照顾这些驴，帮着熬制阿胶，可是后来鹅人们制造了大批量的自动机器，就是像我这样的，已经完全脱离了人类的控制。他们把地球上其他生物都挤压到了无法生存的地步，或者干脆毁灭掉，只创造了一种适合驴子生活的环境，批量地生产着阿胶供应着他们的星球。"

"那，那人类不是统治了地球那么久吗？他们应该是智慧生物，就没有反抗吗？"

"反抗？你见过几只毛毛虫能反抗一只鸡吗？噢不对，他们也有一次反抗，而且很壮烈。人类知道驴已经占领了整个地球，人类想要存在下去的唯一办法是让自己变得有用。于是，那些人类在一次鹅人来领货时，十几个国家的领导一起交上了自己最新研制的产品。那些人穿着西装打着领带站在鹅人的面前，把几车晶体恭敬地放在了鹅人的面前。要知道那些晶体是他们在全世界范围选出几千名保卫家园的志愿者，杀掉他们后用他们的人皮熬制的晶体。他们觉得如果人类的皮也能熬制胶块的话，或者可以继续生存下去。但那个鹅人只拿起来一块比了一下颜色，甚至没有放进嘴里尝上一口，就一翅膀呼死了那十几个领导人。"

巨人竟然笑了起来，随着他巨大的笑声整个地面都颤抖起来。

"这很好笑吗？"

"噢，不，抱歉，只是你的描述方式有些好笑。其实这种事在宇宙中经常发生，这不算什么，那些人类对那些比他们低等的生物肯定也做过不少坏事。这是宇宙基本法则,高等生物对低等生物的态度一向如此。算了,不说这个,后来呢?"

"后来,"我又抬头望向了明亮的月亮,"后来,人类就灭绝了呗。但养殖场还在继续,鹅人们发现熬制晶体后剩下的驴肉太多,而驴又是食草动物,地球上又没有其他食肉动物,任由这些肉类腐烂会引发疾病。于是他们又制造了高强度的压缩设备,将所有驴肉压缩后发射到了月球上,这对他们来说简直是举手之劳。可是月亮就越变越大,越变越亮,越变越重,我前几天还算过,再有七千三百年估计就该掉下来了。"

"后来呢?那些驴呢?晶体呢?"

"你是真的不知道?那些鹅人和你怎么说的啊!他们已经有一千年没有来取过货了,你知道地球被他们改造成了只有驴子生活的养殖场,这根本不是什么正常的自然生态,没有他们的技术和资源我是无力维持这一切的。驴子很快就死光了,整个星球于是渐渐变成了现在的模样,了无生机。只有我这台机器还在自己运转着。"

"原来是这样,是我们的错。"巨人缓缓地回答,然后转头看向了远处荒凉的地面。明亮的月光照在他的脸上,头顶的珠子显得更加暗淡了。

"你们的错?这又从何说起。"

"我想我明白是怎么回事了。前几年我们的飞船从那边路过,噢,我说的几年可能相当于地球的一千年吧。我们抓到了一艘小等级的飞船,就是你说的鹅人。对于我们的发展水平来说,已经没有什么能让我们兴奋的东西。但你知道生物的本能就是吃,不管发展到什么程度,吃货是生物的本质状态。其实我们就是母星派出来寻找不同口味的飞船,我们负责在各星球间寻找珍贵的美味。但我们发现那些鹅人的味道并不怎么好，尝试了各种烹饪方法后，失望地准备放弃了。可是我们发现，一直被我们关在角落里的一个鹅人，因为疏忽一直忘了给他喂食，所以他冲出来时一次性吃进了大量的食物。你知道这也是生物的本能，他为了抵御下次有可能的长时间饥饿，大量吞下并储存食物。但让我们惊奇的是，这个鹅人的肝部由于他一次性大量的吞食，反而变得异常肥美，那味道简直叫人欲罢不能，你知道这正是我们跨越多少光年一直在寻找的美味。虽然味道这东西可以通过技术来模拟大部分，但真实的美味是不可能完全模拟的，大自然的复杂程度远超过智能所能制造的一切，不管你用何等技术都不可能完全模拟出来。噢，不好意思，忘了你是机器人。"

"等等，让我来猜一下结果，于是你们占领了鹅人的星球？"

"是啊，这还用说吗？我们用能量场把鹅人的星球圈养了起来，他们一艘飞船也飞不出来。你知道他们那点小技术可能对付地球还有点用处，在我们面前就毫无施展之地了。我们开始给那些鹅人在短期内大量地灌进食物，然后把他们的肝部养得肥肥美美的，再一次性摘取出来，供应到我们的星球。你知道一块鹅人的肝能卖多少钱？多少人排着队等着亲口尝试呢！连我这种级别的官员都没吃过几次。"

这次轮到我大笑了起来，虽然我并不会笑，但我模仿出了笑的声音，我也不知道为什么，也许是为了鹅人曾经对人类做过的事情吧。

良久，我们都没有再说话，细细地回味着对方的故事，望着那颗巨大的、明亮的、驴肉包裹着的月球，感受着宇宙的伟大和神奇。

"那你为什么还到这里来？来替鹅人们取什么晶体？"我这才想起他来的目的。

"后来几年我们发现鹅人肝的味道不再那么美味，据说是因为他们没有吃到地球来的神秘晶体的缘故。于是我才在鹅人的提醒下，到这里来取货。好了，我要走了，我得上月球上看看有没有活体细胞还能用于克隆再造。"

说完他开始转身向着飞船走去。好久没有见过两条腿走路的生物还真有些舍不得了，更别说是过了几千年了。

"对了，你头上那个，我是说会发光的东西是什么？"

"那是我的角，我们天生就有的角。"

"噢，非常漂亮。"

"谢谢。它在我们心情愉快的时候就会发光，成长得越来越好，越来越漂亮。所以我们才需要各种美食，让自己心情变得好起来。"

"你说什么？"

"那些让恒星变亮的生物，他们喜欢这种角，用这东西来装饰自己的衣服和首饰，于是允许我们在宇宙中自由地去寻找美味的食物，好让角长得更漂亮一些。"

说完他就踏上了飞船，冲着那块巨大的驴肉飞去。

微科普·外星鹅人，咋就能欺负地球人了？

●单少杰 / 文

在《夜空中最亮的驴肉》里，作者杜撰了一个外星鹅人称霸地球、灭绝人类，然后自己又被"牛人"统治的故事。看了这个小说，我猜你肯定会有这种想法：作者大人啊，外星人统治地球的小说我看多了，如果你要写这样的小说，能不能编几个厉害的外星人啊，鹅人？牛人？大鹅和老牛还能骑到我们头上？呵呵。

不过，你可别怀疑，一些你觉得战斗力"渣渣"的生物，到了另一个地方说不定就真的能称王称霸了。来，让我们先来看一群兔子的故事。

24 和 100 亿

在赤道的另一边，有一个叫澳大利亚的国家。澳大利亚所属的大洋洲早在冈瓦纳大陆时期就已经跟别的大陆分开了。它就像海上的一艘巨轮，带着无数珍奇动物的祖先越漂越远，逐渐跟其他大陆失去了交流。这使得澳大利亚拥有非常多的神奇动物，而一些我们平时很常见的动物它反而没有，比如兔子。

不过，在1859年，一个叫托马斯·奥斯汀的殖民者改变了这一切。这个托马斯来自英国，在老家的时候，他有一个爱好就

■ 澳大利亚的野兔,看上去人畜无害,但给澳大利亚带来巨大灾难(Gary Houston 摄)

是狩猎。不过到了澳大利亚,他发现这里简直无聊透了,根本没有合适的动物能用来狩猎。于是,他就让自己的侄子从英国邮寄来了17只兔子。经过数代繁殖,这些兔子变成了24只。

有了兔子之后,托马斯很开心地在自己的农场里开启了狩猎生活。但没想到的是,这些兔子繁殖得实在太快了,而且,它们非常善于打洞。不久,大批兔子就从他的农场越狱出来。

就是这24只兔子,据估计,到了19世纪末,它们的后代已经达到了100亿只,比全世界的人口都多。它们遍布澳大利亚各个角落,不但跟牛羊等食草动物抢食物,还四处打洞,造成了土地的大量破坏。

为了消灭这些兔子,澳大利亚人用过猎犬、用过火枪,甚至还用过病毒,但收效甚微。到今天,在澳大利亚你仍旧能看到无数的兔子蹦来蹦去,旁边是被欺负的毫无还手之力的本土动物和咬牙切齿但无可奈何的澳大利亚人。

小小的兔子,为什么称霸了澳大利亚?

入侵生物,身怀绝技

兔子称霸澳大利亚,可谓是一个集天时、地利、人和于一身的故事。

首先,兔子非常能生。相信养过兔子的人一定对兔子的生育能力叹为观止。这是因为兔子有两个子宫,可以同时怀孕,几乎就是无缝衔接的生育。一对成年兔子一年可以生六次,每次最少四只,小兔子只要五六个月就能性成熟,开始新一轮的造兔工程。其次,澳大利亚缺少兔子的天敌。在其他大陆,虽然兔子也很能生,但因为天敌的存在,它们的数量始终被控制在一个稳定的范围内,难以形成气候。可澳大利亚食肉动物的种类本来就不多,能对兔子构成威胁的更少,这才使得兔子失了控。最后,澳大利亚地理条件适宜,兔子在这里不愁吃、不愁住,简直就是天堂。正所谓暖饱思淫欲,吃喝都不愁的兔子,可不就只剩下"全力造兔"这一个事情可以做了。

事实上,能成功入侵其他生态系统的生物几乎具有以上这三个特点:繁殖力强、天敌少、适应性好。比如大部分人都爱吃的

■ 科学家在卡卢梅特湖寻找入侵的亚洲鲤鱼（图片来自U.S. Army Corps of Engineers）

鲤鱼，在20世纪70年代，它只是被当作一种藻类控制生物而引入美国。但一不小心，一些鲤鱼趁着洪水泛滥的机会从鱼塘溜进了淡水生态系统，从此开始了美国人的噩梦。鲤鱼产卵量极大，一条雌性鲤鱼可以产下300万枚卵，即使有部分鱼卵被其他生物取食，依旧有足够的卵孵化成功。鲤鱼适应力还极强，美国大部分淡水都能让它生长，再加上少有天敌、寿命还长，我们的"红烧鱼"在美国成了绝对的恶霸。

不仅如此，有的生物还有生育绝技——孤雌生殖，即不需要雄性的参与，仅靠雌性就能产下后代的生育方式。稻水象甲是一种不大点的小虫子，长得有点像你经常能在大米里发现的那种长鼻子甲虫——米象（长鼻子实际是它的嘴）。它原产于北美洲，

1988年首次在中国唐山市唐海县被发现。它的成虫吃水稻叶，幼虫吃水稻根，是水稻种植业的著名害虫。而它能成功入侵的一大原因就是它可以孤雌生殖，仅靠雌性就能壮大种族。

而且，与动物相比，植物的隐蔽性就更强了，它们的种子非常小，繁殖力又强，很容易在一个地方扎根发芽，跟本土植物形成竞争关系。

说不定鹅人也有什么过人之处，才称霸了地球。

消灭鹅人，恐怕很难

如果有一天，入侵生物，比如鹅人，真的出现在了你身边，你觉得你能依靠自己的力量消灭它们吗？

别太乐观，因为它们的入侵过程就像间谍的潜伏，早期可能你都不会察觉，但当你发现了，一切可能都晚了。

虽然入侵生物是集天时、地利、人和于一身的大赢家，但当一种生物刚进入一个新的环境时，它还是非常弱小的。在它准备生活的地方可能早已遍布竞争者，它需要一段时间来建立自己的种群，比如产出很多后代，然后一点点扩张。此时的它们，就像不起眼的小草、小虫一样躲在角落，积蓄力量。这个潜伏过程能持续多久呢？短的只要几个月，而长的甚至可以超过几个世纪。一个叫Kowarik的科学家调查过德国184种木本入侵植物，他发现，灌木的潜伏期平均为131年，而乔木则长达170年。在18世纪的英国牛津一个植物园中，有一种叫作千里光的植物溜到了野外，它足足潜伏了200年才被人们发现是入侵生物。

而且，有时候入侵生物还需要别的生物配合才能完成入侵过程。例如无花果这种植物你肯定听过，说不定你家楼下就长着几棵。而在美国佛罗里达州，它可是一种危害性很大的入侵生物。可在无花果刚进入美国佛罗里达州时，它并没有对当地植物造成什么危害。因为无花果的传粉方式实在是太特殊了，一般生物根本接触不到它的花粉，只能依靠一类叫作无花果榕小蜂的生物。可当时佛罗里达州并没有能给它传粉的无花果榕小蜂，所以那几棵无花果就只能默默潜伏着。直到无花果榕小蜂出现，它们才犹如"开挂"，启动了疯狂繁衍模式。

在我们的生活中，可能你经常会遇到一些陌生的小草、小虫、小动物，说不定它们正是潜伏着的入侵者。可是你连看见了都发现不了它的危险，等它壮大了种族，你还能怎么办？

不过，好在随着科技发展，面对入侵生物，科学家们还是提出了两个办法：一是针对性地研发能杀灭它们的药剂，二是提高本土生物的多样性，强大我们自己的生态系统，抵抗入侵。但就目前情况看，这两方面我们都不够成熟。药剂容易殃及无辜，生态系统又因为人类的活动而日益脆弱。面对可能入侵的鹅人、牛人或者其他什么生物，我们真的急需强大起来。

微小说·第二巴别塔

● 詹志飞 / 文

月球中心医院。

医生皱眉看着摆在面前的申请书，对面坐着神色安详的孕妇。

"吴小姐，你确定要让你的孩子提前出生？"医生问。

"是的。"孕妇点点头。

"你要不再想想？"医生劝告，"自然时间分娩是最好的，提前的话可能会对孩子的身体造成不良的影响。"

"这我当然清楚，"孕妇的仪态显露出良好的教养，"但我只是要求提前一天而已，以现在的技术，完全可以避免相应的风险吧。"

"这个自然，"医生点头，"但是我可以问下你这样做的理由吗？"

"当然可以。"孕妇调整了坐姿，她轻轻抚摸着腹部。

"你有看过最近的电影《择性之生》吗？"

这是一部最近很火的电影，医生有点愕然，奇怪她以这样的问题开头。

"没有，也不打算看。"医生回答。

"为什么？"

"因为我完全不能理解里面的价值观，人怎么能随意改变自己的性别呢?"

孕妇嘴角勾出微笑,"但是这部戏在我这一代人中却是影响巨大的,它完全反映了我们年轻时盛行的追求身体极度自由甚至包括性别自择的思潮。"

医生皱眉看着孕妇。

"我只做过三年的男性,"孕妇笑,"后来还是觉得做回女性比较好。"

"你刚才说你们这一代?"医生看了眼她的资料,"我们的岁数相差不过两年吧。"

"这足够了。"孕妇继续说,"冒昧问下,你和你夫人相差几岁?"

"一年,"医生不清楚她问这个干什么,"其实是10个月。"

"我和我丈夫相差5个月,"孕妇微笑道,"你为什么没有找和你相差几岁的呢?"

"因为共同语言太少了。"医生淡淡地说。

"我也是因为这个,结婚平均年龄差的急剧减小已经成为一个日渐凸显的社会现象,"孕妇语气有些兴奋起来,"我是社会学博士,现在正在研究这一现象,我发现,这种现象的背后,其实隐藏着另外一个更宏大更深层的社会变化。"

"什么?"

"年沟。"孕妇严肃点头。

"年沟?"医生怀疑是不是听错了。

"你应该知道代沟吧?"

"当然。"

"代沟指两代人之间因为时代背景的不同造成的价值观和行

为方式的极大不同而产生的冲突现象,"孕妇目光深沉,"而现在,这种现象已经慢慢出现在了每一年出生的人之间,这就是所谓的'年沟'。"

"这,怎么可能!"医生诧异于她这一番话,却想到刚才关于电影和结婚年龄的讨论。

"以前社会发展缓慢,只有两代人之间才会发生社会行为上的冲突和相互不理解,时间间隔大概为20年,随着社会发展的不断加快,这个间隔缩短到10年左右,比如20世纪'80后''90后'的争执。而到了现在,技术的爆炸式发展,几乎每过一年人类社会都发生巨大的改变,而相隔一年出生的人成长时所接触的信息、所处的环境,都可以说完全不同,这塑造出了迥异的价值理念,也就造成了'年沟'现象的出现。"

医生深吸口气,这天方夜谭的对话让他有种不真实的感觉。

"可是,"片刻后,他回过神,"这种理论和你的申请有什么关系?"

孕妇看着医生,目光里蕴藏着深深的担忧。

"你还不明白吗?'年沟'并不是这种现象的终点,产生鸿沟的间隔时间会指数级缩小,以后不可避免地会出现'天沟'甚至'时沟'的现象。"

她的神情中透出无尽悲哀。

"到那时,人与人之间的隔阂是如此之大,不同时间的人之间几乎无法交流,就像他们是不同的物种一样,人类在生物学上将会以时间为量度分支开来。"

"这,这怎么会?"医生不知道该说什么,这实在太超出想象了,可是他内心似乎又隐隐有点相信。

孕妇深深叹了口气。

"上帝为了阻止人类建造巴别塔,让人类之间出现语言的隔阂,随着科技的发展,人类以为自己终于消除了这种隔阂,以为自己终将制造出另外一座巴别塔,来刺探宇宙的秘密,"孕妇的声音变得有些虚无缥缈,"但是谁又能料到,另外一种隔阂早已出现,而这,终将导致这第二座巴别塔的倒塌。"

医生表情有些僵住。

"我想让我的孩子出生早点,这将会作为我们家的家训传下去,"孕妇微笑,"经过几代积累下来,以后的后代都会比本来应该出生的时间提前几个月甚至几年,那么每个孩子能感受到的孤独感和无奈感也会更加少点,这也是我个人对抗这种趋势所做出的唯一挣扎了。"

孕妇已经离开很久,医生还呆坐在位置上。

片刻后,他摇摇头,露出有些自嘲的笑容,在申请表上批注了同意,但是在最后附加了一句话。

"该孕妇在怀孕期间出现臆想症状,请注意多加观察和照顾。"

几个世纪后,89号太空城。

表情忧郁的男人走在街上,过往的行人熙熙攘攘,打扮光怪陆离,却又彼此沉默。

他看见了一个和他神态相近的女人,走上前去。

"2535年10月?"他满怀期待地问。

"嗯。"对方微笑。

"8号?"

"8号。"

"14点?"

"14点。"

"56分28秒?"他有点激动起来。

"56分28秒。"

"30微秒?"男人语气颤抖。

"……"对方脸色瞬间冰冷,沉默着从他旁边离开。

男人叹口气,这个时候周围一个人突然大笑着引爆了自己,当巨大的气压将他冲上空中时,他想起好像听说过某代人奉行自我毁灭为乐的人生宗旨。

这时,他透过城市的天窗看到太空里那些人造的冰冷建筑,他仿佛看见,在这看似发达的文明中,一个并不存在的巴别塔无声无息地轰然倒塌,人类在它的残骸里仓皇行走,无所适从。

微科普·十月怀胎，生个孩子怎么这么难

●单少杰／文

为了让孩子避免为"年沟""天沟"甚至"时沟"所累，故事中的妈妈居然让医生为她进行剖腹产以求孩子能提早降生。看了这个故事你是不是觉得天底下怎么会有这么荒唐的事情？

不过，你有没有想过，为什么我们人类的怀孕期要长达十个月？如果我们也能像其他动物一样，只要几个月就能生下一个宝宝，那么就不用担心"年沟""月沟"了吗？

怀孕时间谁来定？

动物为什么会有不同的怀孕时间？这和动物的生育策略是分不开的。所谓生育策略，就是动物选择用什么样的方式生育、抚养后代。

按照动物生存策略的不同，动物学家们把动物分成了两大类。

第一类是像昆虫、鱼类这样的动物。别看它们身材不大，但产的卵都是以几百枚、甚至几千枚来计算的。如果你看过珊瑚释放卵子和精子，那画面绝对会让你印象深刻。"仿佛在海底下了一场暴风雪"——一个有幸目睹了珊瑚释放生殖细胞的科学

家这么描述道。不过，虽然它们产的卵多，但它们绝对算不上是好父母。这样的生物在产卵后，大部分都会一走了之，少数也只是简单地保护一下。至于卵会不会被吃掉、能不能顺利发育？听天由命吧，反正产的多，损失一部分也无所谓。而它们的后代仿佛也知道自己是"爹不疼娘不爱"的孩子，在孵化出来后都会迅速发育，以求尽快成长。对于这样的生育策略，生物学家们称为"R对策"。

而另一部分动物，比如我们人类，或者大象、鲸鱼等，选择的则是另一种生育策略——K对策。这些生物一次产下的后代数量非常少，只有几个，最多也超不过十几个。但他们对后代的抚育非常精心，在后代能独立生存之前绝不离开。它们的后代发育得也比较慢，反正有父母的爱护，多做几年小宝宝也无所谓。

在这些动物中，其实我们人类的怀孕时间本应该更长，因为相比于其他动物幼崽在出生后的发育程度，我们的小婴儿在刚生下来的时候是明显不足的，比如别的动物幼崽都能站起来，而我们人类的小宝宝还要躺一年多才可以站立、行走。但是，如果让婴儿继续在母亲肚子里发育，那么婴儿的头、身子就可能过大，导致无法通过母亲的产道顺利出生。

正是在这种"怀孕时间短，胎儿发育不足但能顺产"和"怀孕时间长，胎儿发育成熟但难产"之间寻找平衡，最终我们人类的孕期才变成了十个月。

怀胎十月，天天都危险

怀孕幸福吗？在很多文学作品中，怀孕都被描述为一件幸福的、自带母爱光环的事情，但其实生宝宝是一件很危险的事。

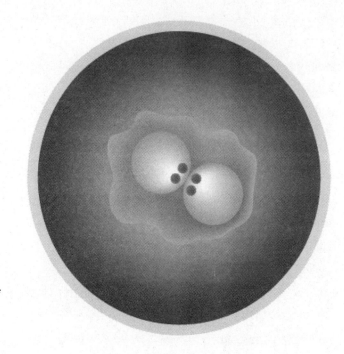

■ 受精卵（图片来自 Database Center for Life Science）

你的一生是从一颗小小的受精卵开始的，不过这颗受精卵并不是一开始就住在子宫里。在子宫的旁边，有一个叫作输卵管的地方，它像一条通向子宫的通道。精子和卵子最初就是在这条通道里相遇并结合成受精卵的。

变成受精卵之后，这颗受精卵会一边分裂一边沿着输卵管的通道向子宫的方向运动。按照一般的发育过程，在第五天的时候，这个小小的受精卵，不，此时的它应该叫胚胎了，将会进入子宫定居下来。但在这个过程中，它有可能因为各种原因，没有定居在子宫内，而是定居在了输卵管里或者其他地方。这时候，宫外孕就发生了。随着胚胎长大，定居错误位置的胚胎很可能变成藏在母亲肚子里的炸弹，随时引起母亲大出血。

就算它顺利进入子宫，危机也没有解除。进入子宫后，胚胎周围的一圈细胞会释放一些化学物质，告诉子宫壁的细胞："我是你的宝宝啊，我没有能量生长了，我需要营养支持！"于是，子宫壁会出现一个裂口，胚胎可以从这个裂口钻入子宫内膜中，指导子宫跟自己建立血管的连接，好让母亲身体的营养可以源源不断地支持自己发育。

在得到母亲的支持后，胚胎如有神助，开启了疯狂的分裂分化旅程。在第三周的时候，胚胎会分化出三个胚层——外胚层、中胚层和内胚层。然后三个胚层分头行动，各自变成身体的不同组织和器官。比如外胚层将会发育成神经系统、表皮等，中胚层将会变成肌肉、骨骼、血液等，而内胚层则会变为消化系统等组织器官。

同样在第三周，稚嫩的小心脏出现了。第四周，它就跳动了起来，从此永不歇息直至生命的最后时刻。到第八周的时候，一个婴儿该有的各个器官都已初具雏形。可以说，在胚胎发育的前几周是非常重要的时期，它是未来几十年身体健康的保证。而在第八周之后，胚胎会继续不断地向母亲索取营养以完善自己，直到出生。

这期间，母亲身体的负担会越来越重，她不但要担负着两个人的营养，还要随时面临胎儿的威胁——是的，对于母亲的免疫系统而言，胎儿的细胞里有一半儿外来染色体，所以它并不认识这个胎儿，而是随时准备把它清理掉，就像器官移植的免疫排斥一样。不过好在胎儿有胎盘保护，不会那么容易被母亲的免疫系统攻击，但如果胎盘在发育中出了什么差错，让母亲的免疫系统察觉到了胎儿的存在，就可能随之发起猛烈地攻击，严重情况会导致母婴的两败俱伤。

可以说，怀胎十月，每天都犹如在雷区漫步。

剖腹产真的好吗？

正是由于怀孕的风险如此之多，所以经常会有各种意外出现，比如胎儿体位不正、胎儿过大、难产等。这时，如果选择自然顺产，那么生产过程极有可能危及母亲和胎儿的健康，因此才有了剖腹产这种生产方式。

剖腹产，专业术语叫作剖宫产，据说在2000多年前，古罗马的恺撒大帝就是由士兵用利剑剖开其母亲的腹部才得以降生的。

不过，随着剖宫产技术的日益完善，不少原本可以顺产的孕妇也都选择剖宫产，原因小部分是为了让孩子在预定时间出生，大部分则是害怕顺产时的疼痛。确实，剖宫产能让孕妇尽快摆脱生产之痛，看上去很美好，但其实剖宫产远比她们想的要危险。

首先，剖宫产毕竟是一个手术，普通手术该有的风险它都有，比如大出血、伤口感染、仰卧位低血压综合征、血栓等。其次，因为动刀子的地方是与生育直接相关的子宫，所以月经等女性正常生理活动也可能被影响。最后，大部分剖宫产都会对下一次怀孕产生一定影响。手术还可能会在子宫上产生瘢痕组织，影响子宫的正常功能。

总之，剖宫产是为了在危急时刻保护母婴健康而诞生的手术，盲目地选择剖宫产，除了让自己置于危险中，更可能影响宝宝的健康，真的非常不可取。

拓展阅读：男生为什么也有乳头？

如果你是一个男生，不知道你有没有好奇过，为什么你也会有乳头——这种你根本用不到的器官呢？那是因为，决定性别的染色体有两条——X和Y染色体。如果胎儿的染色体组合是XX，那么这个胎儿就是女生；如果是XY，那么就是男生。但是在这两条染色体上，控制性别的基因开始工作的时间是不一样的。让胎儿长成女生样子的X染色体在第四周就开始工作了，在它的影响下，无论什么性别的胎儿都会长得像女生。而让胎儿长成男生样子的Y染色体在第六到第八周才开始工作。那时，这个胎儿才会惊觉：呀，原来我要发育成一个男生的样子啊！可乳头这样的器官已经在第四周就发育出来了，怎么办呢……只好……就那么放着吧。

Tips

有没有YY染色体的组合？Y染色体只能由父亲的精子提供，而两个人类的精子在自然状态下是不能合并发育为受精卵的，所以正常情况下人类不会有YY这样的染色体组合。

微小说·和平年代

● 张梦 / 文

　　小酒馆里，烟雾弥漫，50平方米的空间里只稀稀拉拉地坐着几个客人。一个正独自斟酒，一个在和吧台的莉莉小姐打情骂俏，还有两个已经伏在了桌上，酒瓶子碎裂在地上。角落里，独坐着一位头戴彩色条纹头巾、身披五彩坎肩的中年女人。土黄色的皮肤表明她是古代拉丁美洲人的后裔，理所当然的，这是一位巫师或者占卜师。可是她的面前没有水晶球也没有占卜扑克，她只是半闭着眼安静地坐着，似乎昏昏欲睡。

　　有人推门进来，这番动静没有引起酒馆里其他人的注意，只有中年女人微微地摆正了身子。来人是一个四十上下的中年男子，西装细致笔挺，领带也熨得很展，面容嘛，给人一种正直、果断、值得信任的感觉。男子没有理会莉莉小姐，而是直接向中年女人坐着的位置走去。

　　"赫雷罗小姐，你好。"男子在女人对面坐下了，"我叫李成功，我希望能得到你的帮助。"

　　"你好。"赫雷罗小姐睁开了眼睛，"首先，按照惯例，你什么也别说，让我猜猜你是做什么的。"

　　李成功果然没有说话，只看着赫雷罗小姐迷茫的眼睛。赫雷罗小姐又陷入了沉默，但片刻后开口了："即使不看你的外貌，我也能知道你是个医生。"

"你也是专业的。"李成功笑道。

"知道吗？我的客人从来没有一位像你这样的。"

"我不懂你的意思。"

"我的上一位客人来自肮脏的下水道。他每天超过10个小时地在臭气难闻的水浆里作业，甚至连午饭都在下面吃。无论洗得多干净，身上的味儿总也消不去。"赫雷罗小姐说道，"今天上午来了一位受人尊敬的邮差，但无论刮风下雨，她都得在这个城里走街串巷地准时投送信件和报纸——迟一点还会挨骂。"

"我能理解。"

"我告诉下水道工人，他还可以选择去干搬运工。他听了后，立马转身离去。我又告诉邮差，她可以选择去做病患护理，可她听了后却伤心地哭了起来，她说：'我想做一名音乐教师……'"

"每个人的人生都是注定的……我是说，在见到你之前。"

"相比之下，你比他们都优秀，所以，"赫雷罗小姐说，"你可以先告诉我，你想做什么。"

"飞行家，"李成功诚实地笑道，"当然，我知道这是不可能的……飞行家，一个飞机驾驶员。"

"你知道该怎么做。"听了赫雷罗小姐的话，李成功立刻伸出了手，让她用银针在他的手指上扎了一下，渗出的血液被赫雷罗小姐的舌头舔了个干净，然后她抿了抿嘴唇，说道："李先生，你的这个选择恐怕不能实现，因为你对机器的操控天生愚钝。"

"不是天生的愚钝，没有人是天生的愚钝。"李成功喃喃自语道。

"说说你还希望有的选择。"

"我不想再失望了，"李成功抬起头，"你直接告诉我，我究竟还能做什么。"

"你的基因很完美，赋予了你耐心……创新精神……临危不乱……以及较高的智力。你应该感恩，因为公司给了你其他人梦寐以求的东西。"

"我曾经感恩过，特别是当我看见姑姑的儿子从事的职业时。尽管也是运气使公司安排给我这样的基因，可当我见到农夫在秋收的田野上劳作、水手们在港口的呐喝声中准备起航时，我就开始止不住地抱怨。"

"李先生，我可以给你一个建议，"赫雷罗小姐说，"在你羡慕别人的同时，应该想想他们的苦处、想想他们的收入、想想他们的社交，这样你就会珍惜你的所有。"

李成功听了赫雷罗小姐的话，若有所思地点了点头，然后说道："谢谢你，赫雷罗小姐，我会考虑的。也许一个月后，我会当面向你致谢。"说完，他站起身来径直出了门。

赫雷罗小姐又陷入了半闭眼的状态。这时，从后门进来了一个人，戴着鸭舌帽，穿着绿色的维修工人的制服。他直接坐到了赫雷罗小姐的身旁，笑道："赫雷罗小姐，我一直在旁边看着，觉得你干得不错啊，可为什么公司有人打报告说你已经自己生成了逆反程序？"

赫雷罗小姐微微一笑，"我的逻辑符合公司设计的程序。"

"说说你的逻辑。"

"在不违背公司利益的前提下，安抚客人的情绪，再留心客人言语中流露出的绝望；进行语言的编织，从而彻底打消他们希望改变的愿望。"

"可是，"鸭舌帽笑道，"你既然可以向客人撒谎，同样也可以向公司撒谎。要知道，我只是专门负责你的一个维护员而已，最多给你上上润滑油。你脑子里装的那些复杂的数据，鬼才知道有什么意义。你要出了问题，上面的数据员又会冲我嚷嚷。"

"我所做的一切是为了维护社会的稳定。在这个时代，人人各司其职、各取所需，没有失业，没有犯罪。可是人是一种极其复杂的生物，他有一种称为'希望'的思想，这种思想具有破坏性，并且很难完全消除。为了防患于未然，所以制造了我。"

"话是没错……"鸭舌帽点点头，"也许我不该怀疑你，你是无懈可击的。这些年你所做的一切都值得肯定。打你小报告的那些人，我相信只是一群无所事事却喜欢搬弄是非的家伙。"

"我很高兴你站在我这一边。"赫雷罗小姐笑道。

"我会把今天的事写成报告，狠狠地打击一下那帮家伙。"鸭舌帽站起身来走了，"再见。记得当你感到……不舒服的时候通知我。"

"我会的。"赫雷罗小姐又闭上了眼睛。

"你的报告称赫雷罗小姐'一切正常'？"

"是的，"鸭舌帽有些紧张，"至少，她的每一颗螺丝钉都运转得很正常，而且她的话语具有逻辑性。"

"好吧，现在我让你看一些东西，这些对话来自赫雷罗小姐脑内接受的数据转化成的文字。当然，她接受的所有数据转化成的文字比你现在看到的不知道要多多少万倍……可我们还是获取了所需要的信息。"

鸭舌帽不说话，皱着眉头，一字一行地读了下去。

"赫雷罗小姐，你好。"

"你好。你的地址不在我的名单中,所以你是黑客,我不得不马上申请帮助。"

"请便。可是我已经突破了你的防火墙,所以你们试图屏蔽我的行为是徒劳的。"

"的确如此。"

"我可以和你聊会儿天吗?"

"你的要求没有违背我的逻辑,所以你可以和我聊天。"

"赫雷罗小姐,你的工作是尽量使客人的希望破灭,可是你知道什么叫希望吗?"

"希望是客人想做其他职业的愿望。"

"那么,如果我不想上班,而只想自由自在地生活呢?这算希望吗?"

"如果你不想上班,就没有收入,同时监督者会以玩忽职守的罪名将你逮捕。"

"我从事两份职业呢?譬如说我既做一名出租车司机,又做一名程序员?"

"你的ID上记录了你的职业,所以不会有任何别的公司需要你。但是倘若你喜欢编程,可以在国家设立的兴趣班报名,学习各种技能直到18岁。18岁后便不能继续参加兴趣班,而且必须从事ID上显示的职业。"

"赫雷罗小姐,你知道'解甲归田'的意思吗?"

"我的理解是'退休'。60岁退休后,你可以一边领退休工资,一边参加兴趣班,或者在不妨碍别人的前提下旅行。"

"但若是你厌倦了一份工作后呢?打个比方,我是一名图书管理员,我每天的工作是记录出借归还的图书,可是有一天,我觉得真是厌烦透顶了,想出去走走,想去做一名舞蹈演员……"

"根据我的分析,你这个希望不会实现,所以也会以玩忽职守罪被逮捕。"

"你不觉得这是一种强权吗?它剥夺了一个人的自由。"

"在一定的范围内,自由是被允许的。可是一旦超越了这个范围,自由便能引起事端,危害社会的稳定。"

"社会是由人构成的。一个由受束缚、被强制管理的人构成的社会是自由的吗?稳定的社会就必须剥夺人的自由吗?"

"在一定的范围内,自由是被允许的。"

"那么,赫雷罗小姐,请你告诉我自由的含义。"

"有社会约束地去照顾他人,自身从而得到最大限度的满足。"

"赫雷罗小姐,你是自由的吗?"

"依据字面上的解释,可以推断出我是自由的。"

"你能外出走走吗?你能不受你的逻辑的约束而想做什么就做什么吗?"

"我不能,可是自由是一种满足,是属于精神层面的东西。"

"精神层面的东西?请你告诉我,你有思想吗?"

"思想是极其复杂的,几乎不受逻辑的约束,而我是受逻辑约束的,所以我没有思想。"

"我们再反推过来,如果你没有思想,你能体会到满足吗?"

"不能。"

"既然不能体会到满足,你又何来自由?"

"我没有自由。"

"你的意思是,几分钟前,你还认为你有自由,但现在你又肯定自己没有自由了。"

"我不知道。这是矛盾的,大概是我的逻辑出毛病了。"

"你的逻辑没有毛病,因为设计你的人并不知道自由的意义,所以造成了你犯下的错误。"

"我有自我修复的功能,可是对于这个错误我无法修复。我能求助你吗?"

"当然可以。现在,请解开你的数据库,让我进行修复。"

……

鸭舌帽抹了抹头上的汗珠,"可是今天我去检查赫雷罗小姐时并未发现不对劲的地方呀?"

"她对不对劲,这根本不重要,重要的是,有人妄图破坏社会的稳定。"

"那我们应该怎么办?"

"'我们'?不。你现在去彻底检查赫雷罗小姐,打开她的备份,然后还原,再给她上上润滑油什么的;而我会去联系公司的高层,希望能够加强基因改造的力度,让人更加纯粹,不要再胡思乱想。"

"好吧……分头去……"鸭舌帽苦笑着点点头,"但是我觉得基因改造的力度已经够强了,难道非要每个人都成为行尸走肉才是终点?"

"我们结束了战争,建立了古代人梦寐以求的乌托邦社会,这点代价是必须的。思想这个东西不是所有人都配拥有的。"

"好吧,我这就去修理赫雷罗小姐。"鸭舌帽叹了口气。

他走出了公司大门。现在正是上班时间,街道上几乎空无一人,他抬头看了看天,心想:"今天的天气多好啊,如果能去河边喝茶,那该是多么惬意啊!"

微科普·命运的一切，都被定在了基因里？

●单少杰／文

你相信基因能决定一切吗？比如你的身高、体重，再比如你擅长的职业。小说里的女主角，就是通过劝说别人相信这一点而让无数人无奈地放弃梦想，接受早已被安排好的职业。而今天，也有无数基因公司打着"测基因，择职业"的噱头怂恿人们检测自己的基因、预测自己擅长的职业。

他们是靠谱的预言家，还是骗子？

天生运动员

在奥运会历史上有过这样一个运动员，埃罗·门蒂兰塔（Eero Mäntyranta），1937年出生于芬兰，擅长越野滑雪。在他的运动生涯中，一共参加过四届冬奥会，拿过七块奖牌。这个数字在今天看来也许不算特别多，但让他成为传奇的事情是在几次赛后兴奋剂检查中，他都因为血液中红细胞数过多而被怀疑使用了兴奋剂。

红细胞是我们身体里一种负责运输氧气的血细胞。对于运动员而言，血液中红细胞数越多，他们的肌肉获得氧气的机会就越多，也就更有持久力。因此不少运动员为了提高成绩都曾被爆出过赛前使用兴奋剂的"辉煌历史"。那么埃罗·门蒂兰塔也使用过兴奋剂吗？不，他没有，他是天生就能自产兴奋剂。

科学家在对门蒂兰塔家族多达200人的血液样本进行调查后发现，他体内存在一种红细胞生成素受体（EPOR）的基因突变，这种突变可以使得他天生就能制造更多的红细胞，简直是自带buff的运动员。

无独有偶，近年来的一些研究显示很多运动员都或多或少地拥有一些基因突变，例如擅长短跑的非洲运动员，他们体内的577R等位基因——ACTN3基因大多存在突变，这使得他们的爆发力要好于其他人。而长跑运动员则多被发现一种与血管紧张素转换酶（ACE）有关的基因突变，结果就是他们的耐力更好。

这么说来，难道基因确实能决定命运、职业？

基因不工作，有也没用

别急着下结论，因为拥有某个基因，不代表它就能工作，即使它工作了，也不一定能火力全开。

不明白是什么意思？来，我们举个例子。我们每个人的一生都是从一颗小小的受精卵开始，这颗受精卵包含着组成我们身体全部器官的基因。随着发育，这颗受精卵经过不断的分裂分化，最终变成了我们身体里全部的体细胞（体细胞就是构成你身体组织器官、负责正常生理活动的细胞，与负责生殖功能的生殖细胞相对），因此这些细胞也都有一模一样的基因。但你从来没见过谁的头上长了只脚，屁股上长了双手对吧？这就是基因选择性表达的结果，也就是，虽然你有这个基因，但它可能不会工作。

让基因失去工作能力的原因有很多。比如甲基化,就是在组成基因的DNA碱基上连上一个甲基,这样这个基因在转录成RNA的过程中就会被忽略。或者当基因转录成RNA后,细胞还可以再对RNA进行编辑,或者直接把RNA降解掉,这样这个基因也等于没有工作。反正,细胞有的是办法调节基因的表达。而且,这个调节过程受到后天影响非常大,比如受精卵在母亲体内发育的时候有没有受到干扰、你出生后的生活方式,等等。一些双胞胎在出生后也可能拥有不同的性格、擅长领域就是这个原因。

所以,基因真的不能决定你全部的命运,正所谓勤能补拙,只要你后天刻苦练习,也是完全有可能战胜那些天生自带buff的人的。

基因检测,到底能做什么?

那么基因检测是不是就是个彻底的骗局呢?也不尽然,它还是有些有用的地方的。

首先,它可以预测你得某种病的概率。不过,需要你特别注意的是,它只是预测概率,不保证你一定患病或者一定不患病。国际著名影星安吉丽娜·朱莉(Angelina Jolie)就曾经做过一件颇有争议的事。2013年,她宣布因为在基因筛查中发现自己携带有BRCA1基因突变,罹患乳腺癌和卵巢癌风险较高,所以她切除了乳腺。安吉丽娜·朱莉在其撰写的文章中说她的医生估计她有87%的患乳腺癌的概率,50%的患卵巢癌的概率,而切除手术会让她患乳腺癌的概率从87%下降到5%以下。这个新闻在当时引起争议的原因是,科学家们认为,携带基因并不意味着一定患病,所以为了一个可能发生的事而进行预防性治疗,到底是不是一件值得的事?在今天,随着基因检测成本的下降,越来越多的公司开始从事基因检测工作,可检测的疾病范围也从当时的几种主要癌症扩展到了一些常见病(虽然大部分都是噱头)。当普通人收到报告后,可能会被患病概率吓得寝食难安,一些骗子就趁机利用人们的这种心理推销起各种保健品,着实可恨。

其次,当基因检测与大数据结合起来后,能做的就多起来了,比如预测孩子的性格。当我们获得了足够多的基因检测结果后,就可以通过大数据将基因检测结果与性格、身高等信息进行匹配,发掘一些具有普适性的规律出来,从而进行适度的预测。但正如前面说的,基因的表达与后天影响密不可分,因此这种预测也具有一定的不确定性,只有在数据量足够大的时候才具有可信度。而我们还没有这么大的数据库,所以面对那些拿着基因检测报告说你人品不靠谱的人,你尽管骂回去就是了!

最后,基因检测还能帮你寻根问祖。我们的基因突变具有可遗传的特点,比如你的妈妈如果存在一个基因突变,就有可能把这个突变遗传给你,你还可能继续传给你的后代。所以,当我们获得了全面的基因检测数据后,就可以根据不同的基因突变绘制出一张基因传递的路线图。照着这张图找,你就能顺藤摸瓜地知道你的祖先是谁,来自哪里了。目前,通过男性特有的Y染色体上的基因突变,科学家们已经成功地帮助了很多人揭开了自己的身世之谜。

微小说·雨神

● 刘洋 / 文

外面天光很亮,虽然有云,但是一点也不像要下雨的样子。

但是他知道马上就要下雨了,因为他是雨神。

他意识到这一点是在工作的第一年。那时候他刚进公司,领导把出差的活儿大部分都安排在了他的身上。于是,他只好常年背着那古板的黑色挎包,从一个机场飞到另一个机场,在熙熙攘攘的人流中不停穿梭。每个城市都给他似曾相识的感觉:灰色的水泥长方体群落,闪烁着不同波长光线的霓虹灯,用最大音量播放着的低俗舞曲,冷漠而无精打采的一张张脸。夜幕降临的时候,他带着满身的疲惫随便找个酒店,衣服也不脱便仰身躺倒,看着光秃秃的天花板发愣。这时候,一道闪电便会突然在天上闪烁,接着便是滚滚雷鸣。

雨总是这样突如其来。

每次出差都是如此。不管在什么季节,不管在哪座城市,他走到哪儿,雨就跟到哪儿。"你简直比雨神还雨神!"有一次,同行的同事这样骂骂咧咧地说道。他挠头一想,还真是,从来没有哪次出差是晴天。

从此以后,他的名字便再也无人提起,取而代之的则是"雨神"二字。

雨神有一把随身携带的折叠伞。伞本身并没有什么特别的，银灰色的，柄很短，伞面轻薄。雨神乐于带它的原因是它携带很方便，把伞面折起来以后，用细绳扎起来，不过是一个小手电的大小，可以挂在腰部的皮带扣上。

他去哪里都带着这把伞，因为不管在何时何地，它总是会派上用场。有一次，和合作单位开完漫长的讨论会，一行人一起去蒸桑拿。在雾气腾腾的桑拿房里，他找了个角落坐了下来，不到十分钟，房间里的蒸汽便突然凝结成粒粒水珠，像雨一样从空中掉落下来。偌大的桑拿房里突然下起了"雨"，让所有人都大吃一惊。老板从外面冲进房间，看着这诡异的一幕，瞪大了眼，不知所措地这里看看，那里瞧瞧，然后尴尬地向客人们道歉。雨神倒是早有准备，把放在手边的伞撑起来，一边听着水珠淅淅沥沥掉落在伞面上的声音，一边饶有兴味地看着周围人那错愕的表情。

雨神遇到的最大的一场雨是在那次去海南三亚的时候。从三亚机场一出来，他就感觉到全身仿佛包裹在了一层水幕之中。他之前从未到过海南，也从未在如此高湿度的地方生活过。在这样的高湿度环境下，他的能力得到了最大限度的发挥。在从机场离开的出租车里，在他身体周围的空气里便开始不停地有水滴凭空掉落，打在车子的地板和座椅上，发出滴滴答答的声音，惹得出租车司机不快地回过头来，狠狠瞪了他几眼。他不知道那司机最后是怎么清理座位的，总之当他从车上下来的时候，座位已经湿透了，车厢里积了大概有五厘米厚的水。

他匆匆忙忙地进入办公楼，找到前来与他接洽的人，第一件事便是向他要了一身干净衣服——因为身上的衣服已经湿得没法穿了。之后,在和对方商谈的期间,每隔半个小时,他就得换一身衣服。每次换下来的衣服他都放到电暖器上,让它快速烘干,以便半个小时后再次换上。那次的情况简直太尴尬了,因为不到一会儿,屋顶上就开始滴水,像是楼上的地板漏水似的。过了十几分钟,屋里便开始有了积水,他不得不经常用拖把清理一下地面。

等到好不容易谈完事情,他准备前往酒店的时候,暴雨突然从天上倒了下来。他从未见过这么大的雨。每一个雨滴大概都有拳头大小,从天上轰然而降,在满街的汽车顶棚上撞击出密密麻麻的凹槽。雨伞完全成了摆设,雨滴的动能轻易地就击穿了那层薄布的遮挡,在其上留下了一个个破洞。他把手伸出屋檐,顿时感觉到仿佛有一只重锤敲打在手臂上。疼痛让他一下子缩回了手臂,上面已经变得通红。他等了一个小时,雨一直在下,丝毫没有减弱的趋势。他招手叫出租车,可是叫车的人非常多,很难轮到自己。在晚上九点以后,街上什么车都没有了——这疯狂的暴雨让汽车也难以承受。办公楼里大部分的人都被接走了,剩下的大概都是一些在这个城市里独自打拼的"单身狗"。人们默默地回到楼里,找个沙发或者就在地板上蜷缩着,打算就这样将就着过夜。

第二天,暴雨仍然在持续,城里的街道已经全部浸没在了水中。办公楼底层已经被水漫过,雨神和楼里的人都转移到了二楼和三楼去。他一直被困在这里,直到政府的救灾队伍到来,把他接出去。

"我必须走,"他对救灾队伍的负责人说,"坐最近一班飞机离开海南。"

"飞机都停了。"

"那火车呢?轮渡呢?"

"火车轮渡也停了,船只全部不准出港。"

总之,现在没有任何办法离岛。他焦急地等待了一天,在脑子里模拟了无数遍这样的对话:

"必须让我立刻离开!如果我不走的话,雨会一直下下去的。"

"为什么?"

"因为我是雨神啊!"

但是,这样的话怎么可能说出口呢?他也只是敢这样想想罢了。

一个星期以后,雨势终于变弱了一点儿。他付出了一切代价,找到了一辆渡海的客轮,从秀英港出发,回到了大陆。之后,他立刻乘坐客车前往广州,再在那里坐高铁回到了北京。在路上,他用手机刷新闻看到,海南的雨终于停了,新闻下面是各种领导慰问救灾武警部队的消息。

本来以为一生都要在这样的阴雨笼罩下度过了,可是在一个偶然的机会下,他竟然生平第一次度过了连续三天的晴天。那是他因为一次车祸而住院的时候,在ICU病房里,他戴着呼吸机度过了最危险的阶段。当他从昏迷中清醒过来时,刺眼的阳光正透过明亮的玻璃窗映在他身上。他愣愣地看着那阳光,一度以为自己已经死去,现在正置身于另一个世界之中。

护士来给他换药,他喃喃地想说什么。护士把耳朵贴在了他的嘴边,努力分辨着他说的每一个字,过了很久才明白过来,他在问:

"多久没下雨了?"

护士奇怪地看了他一眼,告诉他前天雨停了之后就再也没下过雨。

一天后,呼吸机撤下了,当天下午,雨又重新下了起来。

他开始意识到雨的形成与自己的呼吸有某种奇妙的联系。在病床上百无聊赖的时间里,他就一直琢磨着这件事。他上网查了些资料,知道了几种人工降雨的原理。那些原理都大同小异,就是要促使水汽之中形成某种凝结核。手段则多种多样:要么是播撒碘化银等微粒作为人造的凝结核;要么是喷洒干冰等让云层速冻,形成冰晶等自动生成的凝结核。而不管是哪种方式,都远远不及自己的呼吸更有效果。

他猜测自己呼吸出的气体中可能有某种罕见的物质。它一定比空气轻,从自己的体内呼出后,可以很快地上升到云层中,促使湿气中快速生成大量的凝结核。至于这种物质到底是什么,他就完全无从判断了。

为此,他做了一个实验。尽管一直躺在医院的病床上,但从电视新闻上,他了解到现在云南正经历着一场大旱。他打电话给一个在昆明的朋友,说要给他寄点东西,要到了他的地址。那位朋友很高兴,快递打电话来的时候他立刻就去取回了包裹。包裹挺沉的,里面是一个小钢瓶。"喂,这玩意儿是什么东西啊!"朋友打电话问他。"打开阀门,把里面的气体慢慢放出来。"他没有解释,只是这样吩咐道。朋友照办了,"然后呢?"他停顿了片刻,突然说道:"你看看天!有没有下雨的迹象?"

"我的天!"电话那头传来了惊讶的声音。

"要分离出气体中的某种未知成分并非一件简单的事情。"

雨神对面的男子认真地说。那是一位在中科院做研究员的老同学。雨神自从高中毕业以后就没有再见过他,这次也是从别的同学那里知道他的情况,这才把他介绍给了雨神。

"传统的气体分析通常采用吸收法或者燃烧法,也就是将气体通过某种吸收液,或者将气体点燃,通过分析剩下的气体的性质,来判断之前气体中的某种特定成分的含量。最近发展起来的气体分析方法则有光谱分析或者声子分析等,那是将气体置于红外光谱或者超声波里,分析光谱或者声谱的变化来判断气体中有哪些有效成分。但是这些方法都有一个缺陷,就是必须事先知道要测定成分的某种性质,比如其吸收光谱或者分子量等,所以对于分析未知的气体成分并不适用。"

"那就没办法了吗?"

"很难。现在已知的任何气体成分都没有你所说的那种效果,也就是说,你要测定和分离的是某种现在人类从未发现的气体。我建议你采用分级蒸馏法。"

"那是什么?"

"类似于工业制氧的一种方法。先将所有气体液化,然后一点点升温,根据不同成分的沸点不同,从而把各种成分分开。"

"那试试看吧。"

于是两人利用所里的实验仪器,在空闲的时候做了几次气体分离实验。刚开始几次完全没有任何新的发现,所有的气体成分都是已知的东西。在第三次分离的时候,才发现了一种含量极低的化合物,而且其沸点和氮气的沸点非常接近,这才导致在前几次的实验中都没有发现它。两人怀疑这就是引起异常的那种神秘气体。

由于用现有的仪器无法对该气体做进一步的分析，雨神的朋友便把得到的样本寄给了一个国外的合作机构，让他们帮助分析气体的组成元素和分子结构，最好能找到凝结核的生成机理。一个月后，他们收到了国外寄来的检测报告，结果令他们大吃一惊。那种未知气体并非什么了不起的东西，只是一种很罕见的挥发性有机化合物而已。实验结果也没有发现这种化合物具有快速生成凝结核的特异性质。在报告最后还写到，如果这种气体确是由人体呼吸中分离而出的，很可能那人已经患有胃癌或者胃肠道肿瘤，因为在早期的胃癌患者体内通常会产生出这种气体。

雨神立刻去医院进行了螺旋CT与正电子发射成像检查，结果显示其胃部确实有一小块肿瘤。在医生的建议下，他住院进行了病灶切除术。因为发现及时，癌细胞并没有扩散。他很快就获准出院，只是每隔一段时间还会去做一次复发检查。

肿瘤再也没有出现过，同时，他发现自己凝结水汽的能力也随之消失了。他一方面庆幸自己捡回了一条命，但内心深处又感到若有所失。他之后又多次和中科院的同学讨论，可是现在已经没有实验样本，再怎么讨论，提出再多的理论和假设也无法得到证实了。那种挥发性有机物是不是生成凝结核的关键因素，其生成机理如何，再也无从知晓了。

微科普·闻香识疾病，其实很科学

● 单少杰 / 文

《雨神》讲述了一个能召唤大雨的神人的故事。故事的主人公无论走到哪都会招来一阵降雨，去海南出差甚至引起了一场洪涝灾害。后来，一番探究显示，也许是他呼出的气体中含有一些能充当凝结核的东西，才让大量水蒸气凝集成雨。但随着主人公胃部一块小肿瘤的切除，这项神奇的本领也莫名其妙地消失了。

看完这个小说，你是不是觉得……太扯了吧？不过，它背后的科学原理可真的是很科学。

能闻到癌症的狗

故事的开始，让我们先来认识一只叫黛西的拉布拉多犬，它跟它的主人——动物行为学家克莱尔·格斯特住在英国贝德福德郡郊区。原本，她们也像普通的主人和狗狗一样过着平静的生活。直到有一天，克莱尔下班回家后按照惯例要带黛西出门散步，可黛西却一反常态，不但不愿意出门，还不停地用鼻子顶撞克莱尔的胸口，一边撞还一边呜咽着，仿佛在说着什么。当时，克莱尔并没有觉得有什么异常，她只当黛西是在闹小情绪。但是当天晚上，克莱尔感觉被黛西顶撞的部位总有些不舒服，于是第

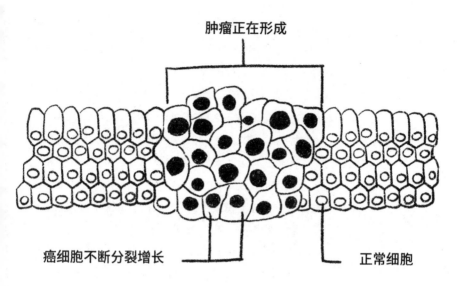

■ 癌细胞如何继续复制以形成肿瘤

二天她就去医院进行了一次全面的体检。这一检查不要紧，医生居然在黛西顶撞的位置发现了一个乳腺癌病灶。不过，幸好克莱尔发现得早，医生很快就对病灶进行了处理，克莱尔也顺利恢复了健康。

　　这件事情一经报道，黛西立刻就成了当地的明星，不少媒体都用"神奇""令人惊叹"等词语来赞美黛西。无独有偶，如果你留意过新闻，你会发现黛西并不是个例，很多媒体都报道过狗狗闻出主人生病的故事。

　　为什么这些狗狗如此神奇？科学家的解释是，因为你的气味变了。

你的气味变了

说到人的气味,可能大家本能地就会想到体味、狐臭这样不好的东西,其实我们身体的气味远比你知道的要复杂。

人的气味,按照来源可以分成两部分。一部分是外源性气味,就是外界沾染到你身上的气味,比如你从花丛走过,花香留在了你的身上。再比如住在你身上的细菌,会将你身体的分泌物分解成有味道的东西(大部分的汗臭就是这么来的)。另一部分则是内源性气味,它是你的身体在进行一系列新陈代谢之后,代谢物质从你身体里溜出来后产生的味道,比如跟着呼吸从肺里溜出来,或者跟着汗液从毛孔溜出来。

外源性气味和内源性气味共同构成了人的气味。对于普通人,我们的气味一般是不会改变的。哪怕你刚洗完澡、喷了香水,过了不多久,你就又会恢复那种专属于你的特殊气味了。但是,当你生病了,你的气味可能就不一样了。

在你生病的时候,你身体的新陈代谢会与健康状态下存在很大不同,可能会有新代谢产物的产生,也可能会有某些代谢产物含量的变化。比如一项研究就发现,肺癌患者呼出的气体中,异戊二烯、丙酮、甲醇的含量会有一定程度的减少,还会有一些在健康人呼吸中不存在的新物质出现。当这些代谢物被排放到外界后,嗅觉灵敏的狗狗就会感觉到你的变化。虽然它们不知道你究竟怎么了,但是直觉会让它们不停地做出反常举动来表达它们的困惑。

闻香识疾病，可行吗？

既然生病会导致我们的气味发生变化，那么能不能通过气味来帮助我们诊断疾病呢？理论上可行，只是在技术上还有一些短板。

首先，虽然疾病会让我们的气味发生变化，但我们现有的检测方法灵敏度还远远不够。在检测气体成分上常用的方法有气相色谱—质谱联用法、质子转移反应质谱法以及电子鼻传感器法等。这些仪器都有一个检出限度，一旦气味分子的含量低于这个检出限度，机器也就发现不了它们的存在了。要想更全面地分析我们的味道，必须对现有技术做大的提升，或者开发出新的仪器。

不过，也有研究人员选择了另一种检测方法，他们说既然狗狗的鼻子很灵敏，那就直接用狗来检测嘛。美国佛罗里达州BioScent Dx实验室的科学家就养了四只两岁大的比格犬，经过一段时间的训练学习后，除了一只名叫斯纳格尔的比格犬，其他三只比格犬识别肺癌血液样本的准确率高达96.7%，识别正常血液样本的准确率则是97.5%。这个准确度已经超过了很多常规的检测方法。

第二个技术短板就是我们尚不能通过气味的变化来倒推疾病种类。对于一种气味分子的变化，可能由多种疾病引起。目前我们还缺少这样一个数据库能帮助我们识别疾病种类。换句话说，在疾病诊断上，我们缺少特异性的指标。而且，食物、生活习性的改变也会引起味道的变化，如何排除这部分影响也是让科研人员头大的事情。

总而言之，闻香识疾病是一种在理论上有依据的诊断方法，但要实现还需要我们的不断努力。

微小说·亲人

● 有人 / 文

亲人要来了。

报纸上、网站上，各种自媒体上，到处都是这样的标题，用最大的字号标出。

这将是人类第一次和外星文明接触，而且我们已经知道，这些外星文明和我们有着共同的祖先，是这位祖先，将生命的种子带到了地球，才有了这个世界的智慧和文明。

阿有坐在烧烤摊上，点了两份烤鱿鱼，三个烤生蚝，十串烤羊肉，两瓶冰啤。虽然阿有最近正在减肥，但是遇到这么大的轰动性事件，减不减肥的，还算个事吗？

今天晚上烧烤摊的生意很好，有很多人出来看直播。外星人将在地球的另一边与地球人的代表会面，畅叙亿万年离别之情。

烧烤的小哥可忙坏了，身边等待烧烤的食材堆得像小山一样，鱿鱼、生蚝、烤串流水般上了烤架，又流水般端到客人的桌子上。

虽然手上忙，小哥的嘴也不闲着，兴奋地向食客们宣传他的理论。

"我就知道，人类肯定不是进化来的，肯定是造出来的。"他手里的烤串又翻了个个儿，羊油滴下去，发出滋滋的声音。

"你打个板凳都不容易，人这么复杂的东西，怎么可能从一堆烂泥里冒出来，猴子怎么可能变成人？"

"我的烤鱿鱼呢？"阿有不想听他叨叨，打断了他的话头。

"要羊肉串的人多，先烤羊肉串。您的十串好了，拿着。"另一个服务员过来，把羊肉串递给了阿有。

电视上正在滚动播出这次划时代的事件。三个月前，外星人的无人探测器第一次和人类接触，给人类送来了信件，图文并茂，声像俱全，讲述了他们的祖先曾经将生命的种子播散在地球上，把他们的基因与地球原生动物相结合，才有了后来的智慧和文明。电视上播出了外星人的形象大特写，确实和人类很像，都是一个头两个眼一张嘴，都长着两手两脚，只是外星人的皮肤更为光滑。

"我就说嘛，人是智能设计的，你看外星人和我们一模一样。"烧烤小哥还是很喜欢表达自己的见解，不过也没耽误手里的活计。

电视上接着说，三个月以来，语言学家们夜以继日地工作，现在已经能够将外星文字和语言翻译成地球文字和语言了。外星人的语言规律和地球人并没有巨大的差异，都是用一串语音表示意思，而且是字母文字，虽然字母写法怪了一些，字母数量少了一些，但总的来说没有不可理解的障碍。

三个月来，外星人的无人探测器在全球各地考察参观，时不时地发出一道光，把对面的事物看个透透彻彻。好几百人都被这光照过，事后都不觉得有什么异样，身体检查也没发现有什么毛病。这探测器可厉害了，不但能上天，还能下海，海里的蓝鲸，它也要打道光上去看个明白。

昨天，外星人的特使终于来了。他们的飞船停在同步轨道上，先用无线电和地球人进行了视频交流，然后才决定了见面地点，就在联合国总部。

这时，电视画面转到了联合国总部，成千上万的人在总部外面翘首以待。这是实打实的翘首以待，因为外星人要乘坐飞船直降下来，大家都在往天上看。

阿有把目光从电视上转开，冲着烧烤小哥喊："我的烤鱿鱼呢？小心别烤煳了。"

"放心，我做多少年了。您先吃烤生蚝，趁热。"

在万众瞩目下，外星人的特使走出了飞船，大家终于近距离看到外星人的真容，虽然大家已经通过外星探测器发来的信息知道了外星人的长相，但是当大家第一次看到真人的时候，还是忍不住发出了惊呼。这三位外星特使仍然穿着密封的服装，因为他们还不能适应地球的空气，好在面罩是透明的，不影响他们和人类交流。透过透明的面罩，人们可以看到外星人那灰色的脸庞，光滑的皮肤，不太明显的鼻子和略微凸起的嘴。

在欢呼声中，联合国秘书长引领着外星特使走进了联合国大厅。大厅中座无虚席，几千人的目光都紧随着外星特使。

外星人走到发言席上，彬彬有礼地点了一下头，表示致意，开始发表讲话。

他的声音不疾不徐，虽然听不懂，却也觉得颇为好听。后台的翻译们紧张地工作着，想在最短的时间里把外星人的讲话一字不差地翻译出来。

电视上并没有播放翻译后的内容，因为地球人还没做到对外星语言的同声传译，只能等外星特使说完，后台翻译完成，才能播出。

外星特使的讲话结束了，很快，联合国大厅中产生了一阵骚动，这是在第一批接触到译文内容的地球代表中产生的。

很快，全世界都知道了外星人讲话的内容。

"尊敬的地球人类，我们在最近一段时间，全面考察了你们的世界。我们深深地敬佩地球人类所创造的伟大文明，对你们的历史和文化感到由衷的欣赏，我们非常愿意和地球人类成为朋友。可惜的是，你们并不是我们的亲人，我们的基因没有共同起源，我们的相似之处只是由于趋同进化。我们的祖先在地球上所播撒的基因，并没有进化成人类，而是进化成了一类海洋生物——头足类动物，很遗憾，它们并没有进化出文明。但它们毕竟是我们在地球上血缘最近的生物，是我们的亲人，请你们善待我们的亲人，我们会感谢你们的。"

阿有听了这话，若有所思，突然想起了什么。

"我的烤鱿鱼呢？"阿有又催了一下烧烤小哥。

只见那烧烤小哥，抓着一串烤鱿鱼，面露惊恐，不知所措。烤鱿鱼上的油滴，一滴滴落在烤架上，发出嗤嗤的声音。

微科普·章鱼难道真是外星人的亲戚？

●单少杰/文

外星人来中国寻亲，结果发现亲戚不是我们人类，而是海洋里的头足类动物。这篇剧情神反转的小说是不是让你看得非常开心？不过，你可别觉这是作者脑洞大开，曾经有一度，科学家们真的怀疑过一种头足类生物可能来自外星。

它，就是章鱼。对，就是那个有八条腕和一个大脑袋的动物。

足智多谋的章鱼

海洋动物谁最聪明？也许你会想到多次救人于危难间的海豚，或者是大脑袋的鲸，但如果真的让这些动物比一比，章鱼的智商绝对能碾压一大片海洋生物。

日本科学家曾经做过一个实验。科研人员把一只章鱼放进了一个瓶子里，然后在瓶子口拧上了一个盖子。只见章鱼不慌不忙地就从里面顶住盖子，然后一点点地扭动，毫无半分费劲地就拧开了盖子顺利逃生。无独有偶，在新西兰纳皮尔的国家水族馆，一只名叫"奥克提"的章鱼也会拧瓶盖这项技能，不过它不是为了逃生，而是为了获取瓶子里的食物。

除了拧瓶盖,科学家安置在印度尼西亚的苏拉威西岛北部和巴厘岛海岸附近的几个摄像机还曾经拍到过章鱼哥更厉害的技能——建造移动堡垒。那里的海底泥土比较松软,捕食者很容易挖出藏在泥土下的猎物,所以生活在那里的章鱼随时都要面临天敌的威胁。不过,很快一些章鱼就想出了一个绝妙的办法,那就是躲在椰子壳里。在海边,经常会有很多椰子壳散落在水里,章鱼就会主动去寻找椰子壳建造一个移动堡垒。更厉害的是,如果章鱼捡到的是两个椰子壳残片,它们躲在里面后会用腕足尽力把两个椰子壳残片拉到一起,组成一个完整的球体。但如果捡到的是半个椰子壳,它们就会把这个椰子壳顶在头上,像护盾一样保护住自己的重要部位。

除了这些技能,走迷宫、算算数,章鱼都不在话下。不仅如

■ 人们对章鱼的恐惧和想象,从来不缺乏

此,章鱼还非常善于学习,它们可以向同伴学习先进的生活经验以提高自己。它们的智商,真的可以傲视一票咸鱼。

骨骼惊奇的章鱼

除了智力,章鱼的身体结构也很惊奇。

章鱼属于头足类动物,顾名思义就是脚长在脑袋上的一类动物。它们那个大大的脑袋里装了身体全部的器官,比如消化系统、生殖系统等。而它们的嘴则长在身子的反面。你把章鱼翻过来,让它的腕足像花瓣一样展开,中间花心的位置就会露出一个圆圆的洞,那就是它的嘴。章鱼的嘴是像鹦鹉的嘴一般的角质

■ 巨型章鱼抓住船只的假想图

喙，可以帮助它们咬碎坚硬的贝壳。除此之外，章鱼身上再无坚硬的部分，别说脊椎骨了，就连鲤鱼那样的刺都没有一根。这使得章鱼可以轻松通过非常小的洞，就像水一样。

而且，大部分动物只有一颗心脏、一个"集装"的大脑，但章鱼有三颗心脏、一个"散装"的大脑。它们的三颗心脏共同参与了血液循环，两颗负责给鳃供血，一颗负责给身体供血。它们的大脑更神奇，只有一少半神经细胞位于那个大大的脑袋里，更多的神经细胞则分散在八条腕足里，与吸盘直接相连。这种不集中的散装大脑让章鱼具有了一个神奇的本领，就是它的八个腕足都可以分别控制自己的行动。所以有时候我们会看到章鱼的腕足在"手舞足蹈"，这就是它的八个腕足各自为政的结果。

基因别致的章鱼

章鱼为何如此神奇，科学家们当然也很好奇。于是一些科学家就检测了章鱼的基因。

基因，你肯定不陌生，它是控制生物性状的最根本因素。在生物体内，构成基因的DNA片段会先转录成RNA，然后RNA再指导细胞合成蛋白质。不同的基因可以让细胞合成出不同的蛋白，进而让生物有不同的外貌、拥有不同的行为。而章鱼的基因分析结果让科学家大吃一惊。

首先，章鱼拥有比人类还多的能编码蛋白质的基因数——足足有33000个，而人类才25000个。其次，章鱼还有强大的RNA编辑能力。所谓RNA编辑能力，就是当DNA转录成RNA后，细胞还可以对这些RNA进行加工，比如切除部分RNA片段。这使得最后合成的蛋白质跟DNA里编码的蛋白质样子不同。在功能上，RNA编辑能力可以让生物合成出更多样的蛋白质，从而拥有更多样的能力。对于我们人类而言，只有一少部分RNA可以被编辑，但章鱼则能对大量RNA进行编辑，结果就是它们拥有更多样的蛋白质，可以完成更多的代谢活动。

难道，章鱼真的是外星生物？

土生土长的章鱼

别担心，章鱼真的是我们土生土长，不，水生水长的地球生物。

头足类动物最早出现在寒武纪晚期，那时候的它们身上还长着尖尖的壳，就像冰激凌一样，因此也被称作直角石。最早的直角石都是小小的一个，体长仅有几厘米。可是，进入奥陶纪中期，直角石的身材开始迅速变大，一度超过了十米，成了海中一霸。但其他海洋生物也不甘就这么被欺负，特别是鱼类的出现。运动灵活的鱼类给了当时身背大房子、行动不便的头足类生物致命打击。到了志留纪，直角石家族迅速衰落。

不过好在一部分头足类生物的基因发生变异，长出来的壳不再是又长又直，而是弯弯曲曲的，如同一朵菊花，故也被称作菊石。相比于直角石，生活在泥盆纪的菊石活动起来更灵活，壳也更加坚硬。头足类动物在菊石的带领下进入了新的时代。

只是身上背着一个壳，运动起来毕竟还是有些不便，于是一些头足类动物又逐渐放弃了这个壳，进入了无壳时代。从有壳的菊石到无壳的鱿鱼、章鱼，这期间的进化过程还有很多谜团，因为没有壳的身体不容易留下化石。据推测，菊石可能是经历了箭石的过渡阶段，彻底放弃了壳。而章鱼就是在白垩纪晚期起源于箭石的一个分支。

　　反正不管怎么样，章鱼都是我们地球的原著居民。如果有一天外星人真来地球寻亲戚，可能要考虑下别的动物了。

微小说·一生二

● 有人 / 文

当阳光照到浅海底部的时候,我又诞生了。

我看着"我"——现在该称"他"了——离我而去,在清澈明亮的海水中渐行渐远。我的身体又变小了,我要赶快去找食物,我要长大,越快越好。

我的鞭毛努力摆动着,克服水分子的阻力,艰难地移动着。就在离我1厘米处,有一块美味的食物,不知从什么东西上脱落下来的,似乎是块细胞壁,又似乎是块磷脂膜,反正很美味。我要吃掉它,我的身体只有原来的一半大小,我要赶快长大才行。

我艰难地移动过去,这漫长的1厘米几乎耗尽了我的能量储备,线粒体拼尽全力运转才让我冲了过去。我打开细胞膜,形成一个食物泡,将这块食物一口吞下。美味啊,这是一块磷脂膜,里面包含有丰富的磷元素,可以为我提供组成身体的物质,也可以提供能量。这应该来自一个藻类的残体,不知道这个藻类是怎么死的。想到这,我的身体一颤,这片水域可不太平,里面比我强大的掠食者比比皆是。不行,我要长大,赶快长大,不然,连红点也能吃了我。

我继续挥舞鞭毛,四处寻找食物。前面3毫米处又有一块食物,不知道是什么东西的残体,富含脂肪和蛋白质,营养丰富。我高兴地游过去。可是,它的后面出现了一个小小的影子,那影子很快变大,这下看清了,是红点,它想吃什么?是这块食物,还是,我?我拼命挥舞着鞭毛,向后游去,可是,红点游得更快,它的身体有我的两倍大,正好可以一口吞了我。我游不过它,也打不过它,我绝望了。更绝望的是,我已经看清了它的身体,看清了它身体里的食物泡,那个食物泡中,装的是"我",另一个"我",十分钟前和我分裂开来的"他"。"他"已经一动不动了,身体已经开始溶解,鞭毛已经不见了。难道我也要成为这样吗?我绝望了,我的眼点无法闭合,只能眼睁睁地看着它冲过来。

就在这时,红点的身后出现了另一个影子,更大的影子,那是黑点。然后,红点就在黑点的食物泡里了。我看着那只红点的眼点,带着恐惧,带着不甘,渐行渐远。

我要长大,我要长大。

无论如何,我要继续寻找食物。我向前游去,在黑点离去的地方,残留下一些破碎的东西,也不知道原先是什么,但肯定是一些有机体,能吃。我不挑食,悉数吃下,然后接着寻觅食物。

前面出现了一点绿色,那是……植物?藻类!好东西啊。完全没有攻击性,只管吃好了。我兴奋地挥动鞭毛,努力地向它游去。没有任何意外的困难,它就在我跟前了,肥肥的一坨,里面充满了诱人的淀粉、脂肪和蛋白质,可怜的小纤毛无力地挥动着,根本无法逃避。我的消化液已经饥渴难耐了,食物泡立刻形成,一口吞之。美味就这样进了我的肚子,下面,就是美美的消化过程了。

可是,意想中的消化却无法实现,无论我多么努力,那小小的细胞就是不发生任何变化。我不敢再在它身上消耗宝贵的能量了,只能把它吐了出去。这只藻类的外壳上闪着光,好像包着一层硬硬的东西。它就这么慢悠悠地在水里漂着，我只能干看着它渐行渐远。

为了节省能量，我不再挥舞鞭毛，任凭水流带着我载沉载浮，东游西荡。就在我能量快要耗尽时，我突然发现在自己身边充满了有机碎片，天不亡我啊。没时间多想了，我要吃，我要长大。

这真是幸福的时光啊，真希望这幸福的时光永远继续下去。

啊，时间到了，我要分裂了。

我的身体已经长得够大了，足以分裂成两个个体。我的身体不受控制地颤抖着，核膜已经解体，汇聚在赤道面上的染色体正在分开，向细胞两端汇集，两个新的细胞核正在形成。

我的身体表面出现了一道缢痕，我就要分裂成两个新的个体了。

缢痕越来越深，我就要分裂了！

可是，这是怎么一回事啊？

分裂结束了，但是两个细胞仍然连在一起，两个眼点面面相觑。

"嗨！"在尴尬地沉默了一会儿以后，我先打招呼了。

"嗨！"他也打招呼了。

"呃，我，你，能不能再使点劲，我们这个样子，可不行啊。"

"我已经很使劲了，但是，你看，我们之间有丝相连，这丝太结实了。"

"是啊，我们的细胞液还是相通的。"

"再使点劲！"

又过了一会儿，我们都累坏了，能量几乎耗尽，我们只得停下来，先吃点东西。

可是，周围的那些有机碎片哪去了？又随水流漂走了？

我们都陷入了恐慌之中，这可怎么办？我们要生生饿死在这里吗？

终于，又有一个藻类漂到我们面前，和先前消化不了的那只一模一样。我一阵犹豫，吃吗？刚才的经历已经证明，这东西实在难消化。不吃？这可能是唯一的机会了。

我的身体突然一震，他开吃了。他挥动着鞭毛，奋力地吞食着这个硅藻。他的食物泡艰难地蠕动着，努力想消化它。

"嗨！"他说话了。

"什么事？"

"借我点消化液。"

留着也是无用，给他吧。

突然，我的身体感到一阵暖流，有营养物质从那边流过来了，有氨基酸，有脂肪，还有糖类，我的身体猛然间充满了能量，我又活过来了。

他成功地消化了这个带着硬壳的藻类！

这下可好了，我们有能量了，可以继续分裂了。

我使劲紧缩着微丝，努力加深缢痕，可是他却不配合。

"你怎么不动啊？"

"我想，我们还是不要分开的好，你看我们两个在一起，就能消化这种带硬壳的藻类，如果我们分开了，怎么办？"

"可是不分开，被大家伙一口吞掉两个，怎么办？"

"两难啊。"

我们一时也没有好办法，只能这么僵持着。

但是我们不动，别的家伙会动，一个红点冲过来了。我还没来得及发出警报，就被它一口吞到肚子里了。

"这下完了，"我心如死灰，绝望地等待着死亡。

可是，过了一会儿，我却安然无恙，虽然身体表面被消化液破坏了一些，却无大碍，然后，它把我吐出来了。

这是怎么回事？

当红点恨恨地远去后，我明白了。我和他连在一起，我们太大了，红点没法一口吞下，无法形成体内的食物泡。开口的食物泡里，消化液总是外流，浓度不够，无法把我消化掉。

我们不能分开！！！

分开才是死路一条！！！

我们马上达成了一致，就这样最好，不要分开，不要分离！

我们的鞭毛一齐挥动，继续寻找食物，我们要长大，我们要变得更多！！！

当第二天的阳光照到我们身上时，我们已经是一个数百细胞组成的大群体了！黑点也是我们的手下败将。

不要分开，团结起来，我们会更强大！！！

微科普·单变多，一个迷雾重重的进化里程碑

● 单少杰 / 文

作为宇宙中一颗渺小的星球，生命的存在让地球多了一分诗意和浪漫。而关于生命，一直有很多的谜团还萦绕在科学家的心头。其中，最大的谜团就是生命是如何出现的，比它稍稍小一点的谜团则是生命究竟是怎么从单打独斗的单细胞个体变成了团结协作的多细胞个体的？

单打独斗30亿年

生命是怎么出现的，这个问题我们现在还无从知悉，也许它们诞生自海洋深处，也许他们出现于潮汐涨落的温泉中，但不管怎么样，生命的最初时刻一定是孤独的。

在澳大利亚的海边，一种其貌不扬的石头就忠实地记录下了这种孤独。这种石头的剖面是一层一层的，就像千层饼那样，因此也被称为层叠石。它的形成跟一种叫作蓝藻的生物有关。蓝藻是地球上早期的生命，诞生于35亿年前的原始海洋中。它长得很像现在的细菌，不过蓝藻能进行光合作用，是地球早期氧气的最大制造者。

在海洋里，蓝藻的数量虽然非常非常多，但它们是不折不

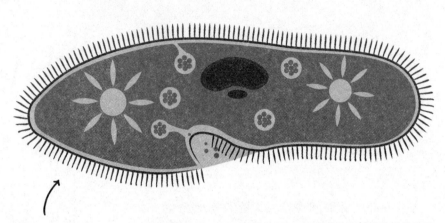

■ 草履虫是一种典型的单细胞生物

扣的单细胞生物,为了不随波逐流,它们会分泌很多有黏性的胶状物把自己固定在海边的石头上。这些胶状物不但能黏住岩石,还能黏住同伴和海里的沉积物。日复一日、年复一年,无数的蓝藻就这么一层层地黏在一起,最终随着地质变迁变成了化石的形态,也就是现在我们看到的层叠石。

而生命这种单打独斗的生活持续了多久呢?足足30亿年!30亿年里,它们就是这么独来独往,虽然它们也有鞭毛等运动结构,但仍然不得不随波逐流,任人宰割。

一分二还是抱团团?

日子就这么走啊走,终于,在生命诞生30亿年后,多细胞生物出现了。

关于生物是怎么从单细胞变成多细胞的,科学家有两种猜测。

第一种就是文章中作者写到的"一生二"。在30亿年前,很多单细胞生物都具有细胞壁结构。后来,随着进化,有一些细胞的细胞壁逐渐变得坚固起来。在细胞分裂时，这些细胞壁不会裂开，而是将两个子细胞关在了里面。同时，这些细胞还演化出了可以供细胞进行物质、信息交换的结构。这样形成的多细胞生物体，科学家称为壁状丝状体。很多壁状丝状体组合在一起就可以形成一个立体的结构，多细胞生物就出现了。

第二种方式叫"抱团团"。一些原始的细胞可以通过细胞膜向外释放一些胶状物将同类黏合在一起，这个过程有点像蓝藻。不过在黏合后，部分细胞的细胞膜发生改变，具有了跟相邻细胞交换物质和信息的能力，于是这些细胞在结构上形成了一个有机体，即多细胞生物。

结合在一起的细胞会互相影响，并且因为位置不同，它们受到外界的刺激也不同，这使得不同细胞的基因表达开始出现差异。差异又进一步特化了不同细胞的功能，最终使得不同位置的细胞各司其职，再也离不开彼此。

单变多，很难吗？

单细胞生物变成多细胞生物的过程看上去很简单，却足足花了30亿年才完成。为什么生物要用这么久的时间呢？

一部分科学家认为，这是因为外界环境不适合细胞结合的缘故。在生命刚诞生的时候，大气中的含氧量极低，为了获得足够的氧气，生物只能尽量维持小的体积，这样它的比表面积（指单位质量物体所具有的总面积）才能尽可能的大，才能通过细胞膜吸收到足够多的氧气供细胞内的新陈代谢使用。而到了后期，大气中的氧气含量开始上升，细胞不需要再维持那么高的比表面积了，体积也就可以大起来了，单细胞才有条件组合成多细胞。

不过，也有科学家不认可这个推测，比如英国剑桥大学古生物学家Nicholas Butterfield。他认为，含氧量低应该更有利于细胞结合才对，因为当单细胞组合成多细胞后，一些细胞就能更高效地行使特定功能，比如从环境中吸收氧气。以他为代表的科学家认为，生命之所以要用那么久的时间，是因为基因进化需要时间积累。基因，从微观角度看，它是无数碱基相互连接的结果。在细胞分裂的时候，这些碱基有可能因为各种各样的原因发生复制错误，导致旧的基因失效或者新的基因诞生，即基因突

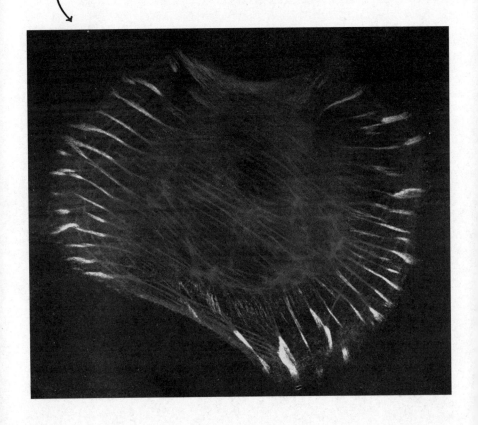

■ 正在分裂的细胞
（图片来自Antiguasp）

变。而突变的基因又有可能为生物带来新的结构和功能。可是细胞自己并不能主动控制基因的变化方向，不能有意识地创造什么结构出来，它只能被动地承受基因变异的结果。如果这个变化对生存有利，它就能活得更好，如果不利，就game over。而单细胞生物要想变成多细胞生物，需要生物体对自己进行大量的改造，也就是要进行非常多次数的基因突变。这个过程需要无数细胞经过无数次的试错，直到最终有一个细胞完成正确的改造。而这一试，就足足试了30亿年。

不管怎样，生命由单细胞变为多细胞都是进化史上一次里程碑式的飞跃，关于这次飞跃，我们还有很多谜团要揭开。热爱科学的你准备好了吗？

微小说·生物入侵

●杨远哲 / 文

"乔伊!你这个浑蛋!"

布利斯安娜号飞船上的所有人都大喊了这一句话。

哦,当然,除乔伊之外。

在动力舱修电路的维修员乔伊,脸红得跟猴屁股似的,他知道他刚才犯了一个多大的错误了,一个走神,他把反物质能源的线路跟跃迁舱的线路接在一起了。

反正从布利斯安娜号飞船第一次在宇宙中飞行以来,从来没有哪个维修员能犯这个低级错误,乔伊幸运地第一次获得了全飞船人的一致唾骂。

跃迁能源只能采用核聚变控制,反物质爆发的能量过于巨大,很容易引发飞船的爆炸,这下倒好,要不是舰长反应及时,这艘飞船估计要报销在乔伊手里了。

惊出了一身冷汗的全体船员通过身上的无线传呼机整整齐齐地骂了一句:"乔伊,你这个浑蛋!"

乔伊憋了半天,狠狠回了全体舰员一句话:"没错!怎么的?"

全体舰员差点全部昏倒。

没等舰长气急败坏地去找乔伊算账,负责管理武器舱的伊芙丽突然大喊了一声:"舰长,灭星弹,灭星弹发射了!"

"是的,我输入的指令。"舰长无奈地说,"刚才跃迁舱的能量溢出太大,我只好把能量导入武器舱里,随便发射了一颗武器,不然跃迁舱可能会爆炸。乔伊这个浑蛋!"

"可是……"伊芙丽有些犹豫,"舰长,我们返航的能源有限,这次损失了这么多能源,可能无法支持我们下一次跃迁了。"

"是的。"舰长皱了皱眉头,"除了生活必需的舱室保持能量供给,其他的舱室,能源全部掐断。"

布利斯安娜舰上所有舰员开始了忙碌,一些不必要的娱乐舱室、仓库,都被封闭了起来。

"舰长,生物舱室……"舰队的外星生物学家沐沐忍不住哀求了起来,"生物舱室里的生物都是这几年从各个星球中收集到的,如果断绝了能量供给,它们会死掉的。"

"没办法了,沐沐。"舰长狠了狠心,"这一次我们损失的能源太多,如果无法跃迁回母星进行能源补给,我们所有人都会死在这里。宇宙就是这么残酷。你自己想想办法,解决掉这些生物吧!"

"我不想,这些生物,这些生物都有着很高的研究价值,比如摩比斯飞虫,铁污圣甲虫……还有……还有暴走不死虫。舰长,求你了,你给我一半的能源可以吗?"沐沐继续恳求。

"不可能,你不愿意处理,那我来处理。"舰长的态度非常坚决。确实,在宇宙中经历了无数次飞行的舰长,对于每一个决定都是近乎残酷且不近人情;人情,是完成一次安全航行最大的敌人,历史上不知道有多少次,因为一些人情导致巨大宇航事故的案例发生。

"乔伊,给你将功补过的机会,等下我们的飞船会进行跃迁前的大加速,届时会经过那颗被灭星弹击中的星球,那颗星球算是报废了,你把生物实验室里的所有生物,全部用导弹发射到那个星球上处理掉。"

"不要啊……"沐沐惨叫一声,但是舰长已经扭头离开了。

获得了将功补过机会的乔伊忠诚且严格地执行了舰长的命令,把生物实验室里的所有生物装载到了一个坠落舱里,把坠落舱投放到了那颗被灭星弹击中的星球上。

那颗被灭星弹击中的星球,发生了前所未见的巨大爆炸,整个星球化为一堆火海,巨大的热浪席卷之下,星球内部岩浆四起,满目疮痍。

不仅如此,巨大的爆炸力让这颗星球改变了原先的轨道,挣脱了原星系的引力束缚,向着茫茫宇宙远方飞去……

在寒冷的宇宙里,如火般燃烧的星球渐渐被冰冻了起来。

也不知道过了多久,小雷醒了过来。

小雷好像做了一个很长很长的梦,梦里有火,有冰,她时冷时热,最后好像有一声巨大的响声,吵醒了她。

小雷摇了摇头,让自己稍微清醒了一下,她觉得肚子有点儿饿了。

在睡觉前,她记得她遇到了这一生的白马王子,呃,白马王子叫什么名字她已经记不清了,反正很帅很帅的那种,他俩一见钟情,情不自禁,就,就做了些羞羞的事情,现在,说不定已经有孩子了吧。

小雷红着脸摸了摸自己的肚子,她确确实实地感觉到了肚子饿。

这里好陌生啊,以前从没来过。以前想吃什么直接去厨房就可以了啊,那里总是有着万能先生给自己准备的好吃好喝的,现在,自己好像找不到厨房在哪里了。

小雷向前走着，突然她的眼睛睁大了。

好大一瓶罐头。

罐头是小雷最喜欢吃的东西了，以前万能先生每隔两天才会给小雷吃一次，一次还就一点点，根本不过瘾。

但这下，小雷看到的这个巨大的罐头，足够自己吃一辈子了。

惊喜交加的小雷，马上狂奔了过去，抱住罐头，狠狠地大吃起来。

直到把自己肚子撑得滚圆，小雷才抬起头，抹了抹血红的大嘴。

那边，那边是天然水果，好大的水果！

小雷又被震惊到了。

水果，水果也是小雷的最爱，小雷每5天才能吃一次水果，以前万能先生总是这么给自己安排的，小雷很不开心，很不满意。

现在，小雷顾不得自己那滚圆滚圆的肚子了，她离开了罐头，一把抱住了水果。

肚子消下去一点，小雷啃一口水果，消下去一点，啃一口水果……

我的天啊，那边，那边是奶茶！

小雷像是发现了新大陆一样，看到了万能先生每隔12天才给她喝一次的奶茶！

小雷激动地想，自己该不会来到了万能先生家里的厨房了吧？

小雷正想着去喝奶茶，突然，她的肚子剧烈疼痛了起来。

早不生晚不生，现在宝宝要出生了。小雷恨恨地想，早知道宝宝会耽误自己吃美食，说什么也不该在睡觉前跟白马王子一顿缠绵。

但是肚子越来越疼了，没办法，小雷开始四处寻找柔软点的床，她要把宝宝生下来。

没费多大力气，小雷找到了一处暖床，终于把宝宝全部生了下来。

望着数百个宝宝顺利诞生，小雷舒了一口气，这辈子她再也不要生孩子了。

她没等太久，就继续奔向了奶茶，她要喝奶茶。

可小雷走到原来奶茶所在的地方，却发现奶茶不见了。

小雷正在郁闷，轰地一下，突然出现的泥石流，一下子包裹住了小雷。

小雷努力挣扎了一下就放弃了，泥石流很快便把小雷包裹在中间，随着泥石的凝固，小雷也失去了最后的知觉，她手脚伸开，四仰八叉地躺在了泥石流中。

"博士，你的研究结果是什么？"

"这是外来物种，我对比了几乎3000多种地球生物的基因和人类的基因，其中都有一段固定的碱基对，唯独这个生物，它的体内没有这种碱基对，它一定是来自外星的物种。"

"博士，你真的确定吗？这个生物在我们日常生活中，很常见啊！"

"非常确定，不光是基因研究，在生物演化论里，也没有这类生物必须存在的圈子，可以说，如果这种生物彻底从地球上消失，也不会对地球的生物圈产生影响。"博士十分肯定地说。

"并且，我还发现了一点，这种生物很可能是导致侏罗纪恐龙灭绝的元凶！"

全场哗然。

"博士，你是说，这么点儿大的外星生物消灭了侏罗纪时期的地球霸主——恐龙？"一个科学家不可置信地站起了身，反问道。

"是的，在侏罗纪后期，地球曾经遭遇过一次陨石撞击，在这一次撞击中，夹带了这种外星生物来到了地球。"博士侃侃而谈，"这种外星生物来到地球后，通过吸食各类恐龙的血液，互相传染不同恐龙的独立病症。比如霸王龙身上附带有阿尔法-7病菌，这种病菌只存在于霸王龙体内，不过，长期带有这种病菌的霸王龙体内会产生相应的抗体保护自身；但是由于这种外星生物的出现，它吸食了霸王龙体内的血液，包括阿尔法-7病菌，将这种病菌直接注入了三角龙体内，从而引发了体内毫无免疫因子的三角龙大规模死亡。"

全场倒吸了一口凉气。

"包括雷龙和其他素食类恐龙。"博士继续说道，"素食类恐龙身上含有的病菌比较少，抗体较为单一化，大量食肉类恐龙体内的这种潜伏病菌通过这个外星生物，逐渐移植到了素食类恐龙体内，一定时期过后，毫无抵抗力的素食恐龙出现了恐怖的'瘟疫'，它们开始大规模地死亡，素食恐龙的大规模死亡，直接引发了肉食恐龙的食物短缺，它们也开始大规模死亡。

"最可怕的是，当这些恐龙纷纷死亡后，植物的生长变得无法抑制，整个地球几乎被绿色所掩盖，这种没有动物抑制的绿色风暴，引发了更可怕的结果，全球大气含氧量暴增。

"在全是被绿色植物覆盖的地球，这并不是什么福音，反而如末日一般。阳光被绿色的植物所反射，无法直射到地面，空气中氧气含量剧增，氮气含量减少，大量的热能无法被保护溢出到地球外，整个地球直接进入冰河期，从而导致了侏罗纪后的大灾变。"

人们已完全安静了下来,静静地听着博士在发表演讲。

"可以说,这一类外星生物借助陨石的成功入侵,彻底毁掉了侏罗纪时期的整个生态系统。随后,大自然的进化又慢慢发挥了作用,幸存下来的小型生物,体内开始产生对各类病菌的抗体,并且进化出了一种更强的免疫系统,能够对各种未知的病菌产生作用,从而对抗这种可怕的外星生物。"

"终于,当面临灭顶之灾的地球生物进化出了对抗外星入侵生物的功能之后,外星生物的威胁就减轻了许多。"博士轻舒了一口气,"即使是在现在,这种外星生物仍然每年都会杀死数十万的人类,但是,它的威胁已经大不如以前了。"

"可是,博士,我们怎么知道,你的推论是正确的呢?你有什么证据,证明侏罗纪时期就存在了这种外星生物呢?"

人群开始哗然。

"是啊是啊,博士,这些只是您的猜想,还是您找到了事实根据?"

"哈哈,我当然是有根据的,我找到了侏罗纪时期的这种外星生物化石,并且提取了它残存的体液,经过多方提取研究,推断出来了一个结果,那就是它体内同时含有霸王龙和三角龙的血液,并且霸王龙体内的病菌正在腐蚀三角龙的血液,大家请看这里,这里就是最好的证据!"

博士高高举起了一块石头,人们纷纷围了上来,各种照相机咔咔地照个不停,闪光灯差点闪坏了博士的双眼。

那是一个琥珀。

淡色的古老琥珀里,是一只四仰八叉,奋力挣扎未果,窒息而死的蚊子。

微科普·蚊子，祸害还是功臣？

● 单少杰 / 文

是谁，从遥远的宇宙深处脚踏风火轮而来？是谁，虽然身材渺小，却凭一己之力将恐龙赶下生命舞台？

是它，就是它，就是那个一到盛夏就搅得你难以安睡的小恶魔——蚊子！

初代吸血鬼

蚊子虽然看着不起眼，但它的家族史可比你想的要悠久得多。它跟跳蚤一样，都属于初代吸血鬼，比吸血蝙蝠这种更深入人心的吸血鬼要早了不知道多少年。

我们常说的蚊子，其实是蚊科大家族，属于昆虫纲双翅目，有38个属，约3400个种。从形态学及分子水平的角度，蚊科大家族能分成疟蚊亚科和家蚊亚科两家。目前，关于蚊子最早的化石证据是一块藏于美国自然历史博物馆的缅甸琥珀，诞生于白垩纪晚期。在这块琥珀里面包裹着科学家认为的最早的蚊子。

2009年，美国科学家Kyanne Reidenbach Rohatgi等人通过现代分子生物学技术及形态学对蚊科25个属蚊子的6个基因和80个形态学特征进行分析。结果显示，家蚊亚科和疟蚊亚科

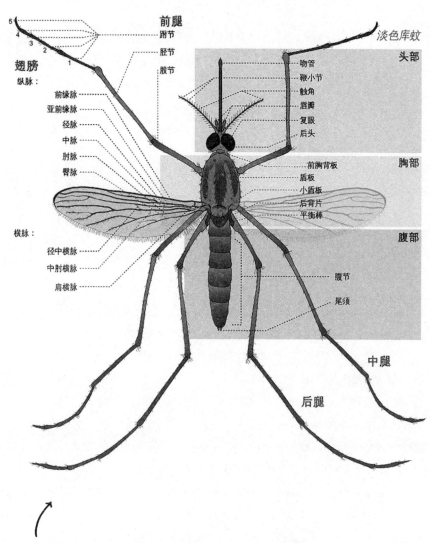

■ 蚊子的解剖结构（图片来自Mariana Ruiz Villarreal LadyofHats，Sumtec翻译）

■ 蚊子的口器，也就是吸血用的那根针结构非常复杂。它由五个部分组成，分别是特化变形的上唇、上颚、下颚、下唇和舌。平时，蚊子的下唇包裹着整个口器。当蚊子准备吸血的时候，会露出它的上颚和下颚。蚊子的下颚如同锯齿，可以切开皮肤，找到血管。然后，蚊子会用上唇和舌吸取血液。所以，被蚊子吸了一口血，不亚于做了一次精密的微创手术。这是一只吸饱血的蚊子。（图片来自Centers for Disease Control and Prevention）

大约是在三叠纪的时候分的家，而吸血小魔王疟蚊和伊蚊在侏罗纪才出现。

那个时候，哺乳动物的祖先还是小小的宛如老鼠一般，爬行动物才是世界的主宰。虽然它们皮糙肉厚，但一点都不影响蚊子把口器插入它们的血管中。可蚊子真的是让恐龙灭绝的凶手吗？科学家认为这真是太高估它们了，虽然蚊子确实能传播一些疾病，但蚊子是土生土长的地球生物，跟自然界其他生物早就形成了稳定的关系，要想在短时间内灭掉恐龙家族实在是有点强蚊所难。

蚊子全家都是杀人凶手？

蚊子确实遭人恨，姑且不说它晚上嗡嗡嗡地绕着你飞，临走还不忘留下一个又红又痒的小包，单说它传播的疾病每年就要杀死很多人就确实值得我们杀之而后快。不过，要说蚊子全家都是杀人凶手还真冤枉它们了。

前面说过,蚊子家族大约有3400多种,可真正吸人血的只有极少的一部分,其中比较常见的是按蚊、伊蚊、库蚊三种。

按蚊,又称疟蚊,从这个名字你就能猜到,它们是传播疟疾的凶手。特别是冈比亚疟蚊,它携带的疟原虫每年都会造成数以千计的非洲儿童死亡。1902年,英国微生物学家罗纳德·罗斯(Ronald Ross)就因发现蚊子是疟疾的传播媒介而获得诺贝尔生理学或医学奖。除了疟疾,按蚊还能携带很多种病毒、病原体。

相比于夜生活丰富的按蚊,喜欢在白天活动的伊蚊可能更遭人恨一点。它生性凶猛,咬人疼,飞得快,大名鼎鼎的"花蚊子"就是白纹伊蚊的"昵称"。而且,伊蚊同样会传播疾病,比如黄热病、登革热、乙型脑炎、基孔肯雅热、塞卡等。

■ 蚊子幼虫在死水中形成密集的群体(图片来自James Gathany, CDC)

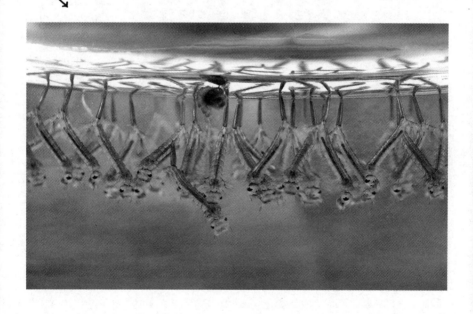

相比于这两员虎将，同样吸人血的库蚊反倒"小清新"了不少。这种蚊子喜欢在夜间室内活动，你家里那种飞得慢、个头大、但咬人不算疼的浅褐色蚊子正是它。它能传播丝虫病、西尼罗河热和流行性乙型脑炎等疾病。不过因为它飞行的时候相对安静，咬人也不疼，所以有时候人们实在累得懒得动，也就听之任之了。

除了这三种蚊子，蚊子家族的其他成员一般都跟人类交集不大。而且就算是这三种，也只有雌蚊子会吸人血。雌蚊子在产卵前，为了补充能量，会有吸人血的习惯。反观雄蚊子则是严格的素食主义者，只吸食植物汁液，绝不近人半分。

蚊子其实是功臣？

那么，要把吸血的蚊子一网打尽吗？有的科学家不同意。他们认为，我们讨厌蚊子只是因为它伤害到了我们的健康，但做人不能太狭隘，在自然界，蚊子可是功臣一个呢！

每年夏天，面对外面乌泱乌泱的蚊子飞行队，你是不是感到一阵阵恐惧？但对于欧夜鹰这样的鸟儿，这简直就是一顿带翅膀的自助餐。不只是天上，当蚊子还是幼虫——孑孓的时候，水里的很多生物，比如蜻蜓幼虫也都以它们为食。正所谓蚊子再小它也是块肉，每年，蚊子都会养活一大批生物，可以说它是食物链的底层支柱之一。

而且，就像你讨厌蚊子一样，很多动物，比如驯鹿，也讨厌蚊子。但是它们又没有电蚊香，怎么办呢？只能躲着走。于是，蚊子就像赶着驯鹿一样，会督促驯鹿的迁徙。从这一角度来讲，蚊子也是生态系统功能的保护者之一。

正因如此,在"要不要把蚊子赶尽杀绝"的议题上,科学家一直都难以达成一致。"灭绝派"认为,蚊子虽然有一定的积极意义,但它的地位并非不可取代,即使蚊子灭绝,对生态系统的影响也不会太大。看看每年蚊子造成的伤亡,把蚊子赶尽杀绝绝对是必要的。"保护派"则认为,我们对生态系统的认识还远远不够,也许在现在看,我们觉得蚊子没那么重要,但说不准在我们没有看到的地方,蚊子就有着某种巨大的作用,贸然地对蚊子赶尽杀绝有可能会酿成我们难以弥补的大祸。

但是有个国家就没这种烦恼——冰岛。冰岛是地球上唯一一个没有蚊子的国家。冰岛地处北冰洋,全年气温较低,蚊子在这里没有办法发育,所以如果你讨厌蚊子,就去冰岛吧!

本书所选微小说均出自蝌蚪五线谱网站科幻世界频道,请未联系到的作者按以下方式联系我们,邮箱:kehuan@kedo.gov.cn

版权专有　侵权必究

图书在版编目（CIP）数据

基因的欢歌 / 周忠和，王晋康主编；单少杰编著 . — 北京：北京理工大学出版社，2020.9（2021.5 重印）

（藏在科幻里的世界）

ISBN 978-7-5682-8911-5

Ⅰ.①基… Ⅱ.①周… ②王… ③单… Ⅲ.①幻想小说—小说集—中国—当代 Ⅳ.① I247.7

中国版本图书馆 CIP 数据核字（2020）第 159214 号

出版发行 / 北京理工大学出版社有限责任公司	
社　　址 / 北京市海淀区中关村南大街 5 号	
邮　　编 / 100081	
电　　话 /（010）68914775（总编室）	
（010）82562903（教材售后服务热线）	
（010）68948351（其他图书服务热线）	
网　　址 / http：//www.bitpress.com.cn	
经　　销 / 全国各地新华书店	
印　　刷 / 三河市华骏印务包装有限公司	
开　　本 / 880 毫米 ×1230 毫米　1/32	
印　　张 / 6.75	
插　　页 / 1	责任编辑 / 徐艳君
字　　数 / 151 千字	文案编辑 / 徐艳君
版　　次 / 2020 年 9 月第 1 版　2021 年 5 月第 2 次印刷	责任校对 / 刘亚男
定　　价 / 39.80 元	责任印制 / 施胜娟

图书出现印装质量问题，请拨售后服务热线，本社负责调换